LES GENS

DE

BUREAU

PAR

ÉMILE GABORIAU

TROISIÈME ÉDITION

PARIS

E. DENTU, ÉDITEUR

LIBRAIRE DE LA SOCIÉTÉ DES GENS DE LETTRES

PALAIS-ROYAL, 17 ET 19, GALERIE D'ORLÉANS

1870

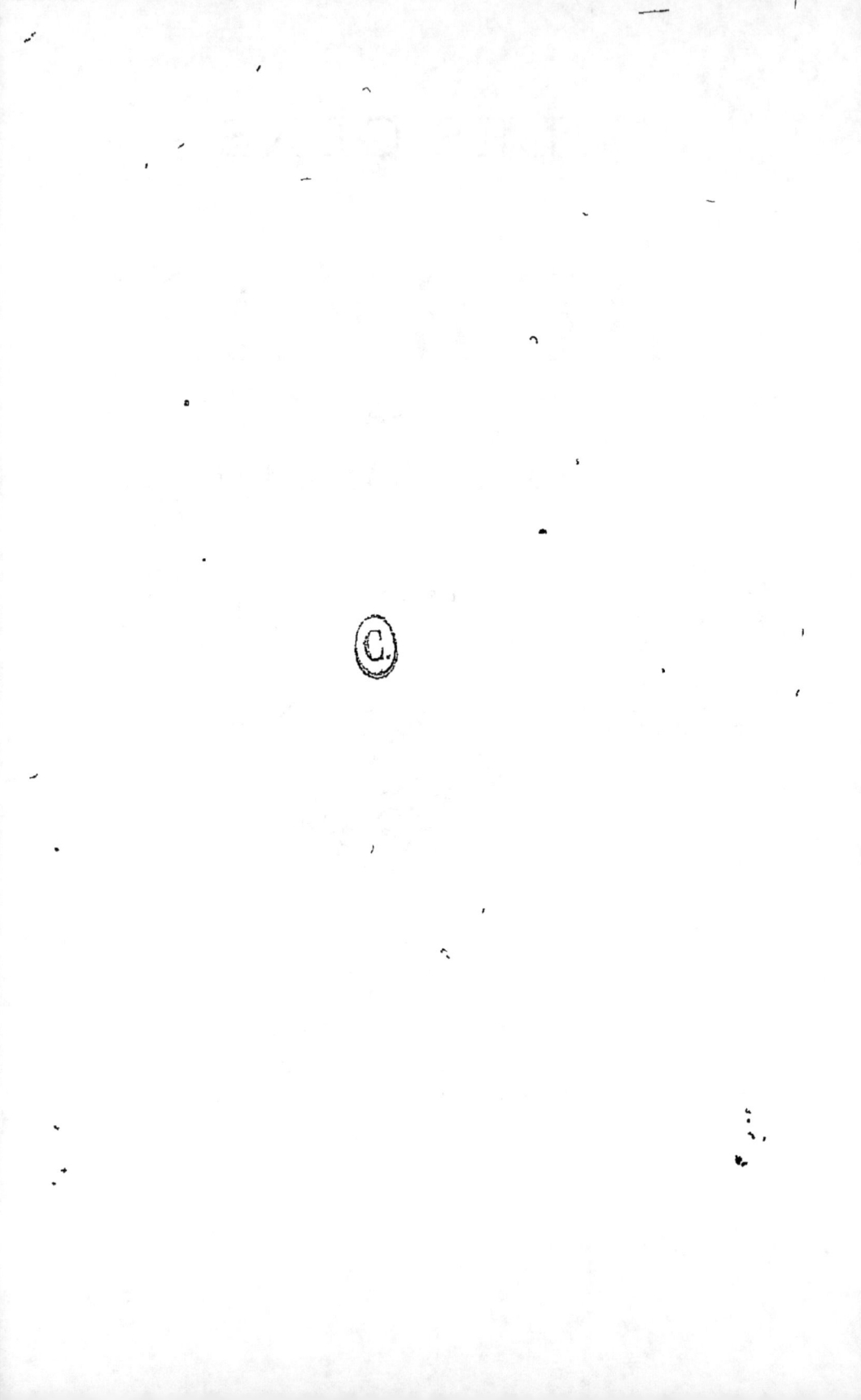

LES GENS

DE BUREAU

52 ½

Y²

37688

PRÉFACE

Il est toujours bon de consulter les hommes spéciaux.

Aussi, avant de livrer ce volume à mon imprimeur, j'ai cru devoir soumettre le manuscrit à un de mes amis, sous-chef dans une de nos administrations publiques.

Huit jours après, il me retournait mon livre avec le billet suivant :

« Je ne sais en vérité, mon cher, où vous avez puisé
« vos renseignements. Vos personnages n'ont pas la
« moindre vraisemblance. Ils n'existent pas. Que vous
« connaissez peu les employés ! Ce sont tous, sans excep-
« tion, des hommes de mérite, intelligents, laborieux, actifs,
« fanatiques de leurs devoirs. Savez-vous qu'on n'ouvre
« pas les portes avant dix heures pour les empêcher
« d'arriver trop tôt ? Savez-vous que le soir il faut leur

1

« faire violence pour les mettre dehors sur le coup de
« quatre heures? J'en connais qui ont refusé à la fin du mois
« de toucher leurs appointements, parce qu'ils ne croyaient
« pas les avoir assez bien gagnés. Et le mécanisme admi-
« nistratif, quelle singulière idée vous vous en faites !
« Y a-t-il exemple d'une seule affaire qui ait traîné en
« longueur dans n'importe quel ministère? Et quelle poli-
« tesse dans tout le personnel, quelle urbanité parfaite,
« quel savoir-vivre !... Demandez au public. — Quant au
« favoritisme, chacun sait qu'il n'existe plus depuis les
« immortels principes de 89.

« Donc, puisque vous voulez un conseil, croyez-moi,
« brûlez ces pages, et venez me demander ma collabora-
« tion. A nous deux nous ferons quelque chose de bien. »

Ce conseil si désintéressé m'a touché l'âme. Mais je me
suis souvenu que M. Josse est toujours orfévre.

Voilà pourquoi je publie ce volume.

LES

GENS DE BUREAU

I

Romain Caldas, qui n'avait point eu de boules blanches à ses examens de l'École de droit, découvrit un
matin qu'il devait être admirablement propre à toutes
les administrations.

En conséquence, il prit une grande feuille de papier,
et de sa plus belle écriture, qui n'était pas belle, il
adressa une demande d'emploi à S. Exc. M. le Ministre
de l'*Équilibre national.*

Un vieux monsieur qu'il ne connaissait guère y mit une apostille dans laquelle il déclarait que les talents du soussigné Caldas devaient être utilisés sans retard au profit de l'État.

En fait d'apostille, il n'y a que la première qui coûte. Romain eut bientôt la satisfaction de voir tout à l'entour de sa pétition vingt signatures de personnes qu'il ne connaissait pas du tout.

Sa demande envoyée, Caldas se mit à piocher consciencieusement les matières de son examen.

L'administration de l'Équilibre, en effet, outre qu'elle exige des candidats aux emplois dont elle dispose le diplôme de bachelier, les astreint encore à passer un examen spécial.

Peut-être l'administration s'est-elle aperçue que tous les bacheliers ne savent pas l'orthographe.

D'autres mobiles encore l'ont guidée, lorsqu'elle a inauguré le système des épreuves.

D'abord un vif désir de ne pas rester au-dessous de la civilisation chinoise, qui donne au concours le tablier du cuisinier aussi bien que le bouton de jaspe du général.

Ensuite l'intention bien arrêtée de recruter désormais son personnel dans un choix de sujets hors ligne.

Enfin la généreuse pensée de déconcerter à tout jamais le népotisme et de substituer le règne du mérite au régime de la faveur.

Pour cette dernière raison sans doute, on est facilement admis à subir l'examen, pourvu que l'on soit chaudement appuyé par trois ou quatre grands personnages.

Caldas avait déjà légèrement préparé les trois premiers numéros du programme qui comprend quarante-sept numéros, lorsqu'il reçut l'avis de se rendre au ministère pour y subir les épreuves écrites et orales.

Il s'y rendit fort inquiet. Les matières sur lesquelles il fallait répondre sont nombreuses et variées.

On demande aux candidats : une page d'écriture, un problème de trigonométrie, une dictée sur les difficultés les plus ardues de la langue française, une dissertation sur une question de statistique, et la géographie postale de la France.

C'est dans la salle des archives que l'examen a lieu.

Lorsque Caldas y pénétra, cent cinquante à deux cents concurrents l'y avaient déjà devancé ; il en vint encore près du double après lui.

Tout ce monde s'asseyait en silence, et des garçons de bureau donnaient à chacun une plume, une écritoire et un cahier de papier blanc.

Modestement placé près de la porte, Caldas consi-
dérait cette singulière assemblée. Il était venu des candidats de toutes les paroisses : il y en avait de très-jeunes
qui n'avaient pas encore de barbe, et de très-vieux qui
n'avaient plus de cheveux ; des gens d'une mise soi-
gnée, et des pauvres diables presque en haillons.

A un moment le silence fut troublé ; les élèves de la
pension Labadens, qui prépare à tous les ministères
(Trente ans de succès. — On traite à forfait), venaient
de faire leur entrée.

Ces jeunes élèves portaient l'uniforme des lycées et
empestaient la pipe et l'absinthe.

L'un d'eux vint s'asseoir à la gauche de Caldas ;
déjà il avait à sa droite un vieillard sexagénaire dont
les yeux s'abritaient derrière des lunettes vertes.

— Tous ces gens-là, pensait Caldas, ont pourtant un
protecteur. Ils ont eu une signature illustre. Comment,
par quels ressorts, par quels moyens ?... Quelles ont
été leurs influences ? Sont-ils dans la manche d'une
jolie femme, d'une chambrière, d'un perruquier ou
d'un confesseur ? Ce serait, en vérité, une curieuse
statistique.

Dix heures sonnèrent. On ferma les portes.

Un monsieur très-décoré, qui occupait au fond de la

salle un fauteuil placé sur une estrade, semblait présider l'assemblée.

Ce monsieur se leva et prononça à peu près ce petit discours :

« — Je ne vous cacherai pas, jeunes candidats, les horribles difficultés de cet examen ; vous n'aurez cependant à répondre qu'à des questions d'une extrême simplicité. La plus rigoureuse sévérité présidera à la correction des compositions ; les examinateurs seront d'ailleurs aussi indulgents que possible. Rendons tous grâce à Son Excellence Monsieur le Ministre. »

L'examen commença. Il y eut une question qui embarrassa bien Caldas.

C'était un problème ainsi posé :

« Dire l'influence de la statistique sur la durée moyenne de la vie des hommes depuis dix ans. »

Il s'en tira pourtant en s'inspirant fort à propos d'un passage humanitaire de la *Case de l'oncle Tom.*

Du reste, Romain put travailler avec tranquillité. Il ne fut dérangé que tous les quarts d'heure par son voisin le lycéen qui lui offrait des prises de tabac dans sa *queue de rat,* et, de temps à autre, par le sexagénaire, qui lui demandait des conseils sur les participes. Trois messieurs, qui copièrent par-dessus son épaule, ne le gênèrent aucunement.

En rentrant chez lui, Caldas se disait :

— Cet examen est une excellente chose pour les candidats ; au numéro de classement qu'obtient leur mérite, ils peuvent mesurer au juste l'influence de leurs protecteurs.

II

Les hautes influences qu'avait fait jour Caldas lui garantissaient sa réception dans un rang honorable. Aussi n'essaya-t-il pas d'entreprendre quoi que ce soit, et son tailleur étant venu lui présenter une petite facture, il lui promit de le payer le jour où il toucherait des appointements.

Et il attendit.

Il attendit huit jours, un mois, six mois. . . .

. . . .

Après quoi il prit son chapeau et se rendit au Ministère afin d'avoir des nouvelles de son examen.

— Vous êtes reçu, lui dit un employé très-complai-

1.

sant auquel on l'adressa ; et sans l'écriture qui vous a
nui beaucoup, vous étiez reçu le premier, hors ligne ;
mais vous écrivez si mal que vous vous êtes trouvé
rejeté à la quatre-vingt-troisième place.

— Et quand aurai-je un emploi ? demanda Caldas.

— Mais à votre tour; vous avez le numéro neuf mille
cent quatre-vingt-sept.

— Ciel ! s'écria Romain épouvanté, j'aurai cent ans
quand mon tour viendra.

— Pardon, dit l'employé, depuis l'examen il y a eu
cinq nominations.

Romain salua poliment et se retira fort édifié.

Renonçant à dîner du budget, Caldas ne songea plus
qu'à déjeuner de la littérature. Dès le lendemain, il
envoyait au *Bilboquet,* journal de banque et de littérature mêlées, un article de haute fantaisie, qui fit le
succès du numéro et lui fut payé un franc trente-cinq
centimes.

Attaché à poste fixe à cet organe sérieux, il ne tarda
pas à voir se développer devant lui les resplendissants
horizons de la fortune et de la gloire.

Un quart de vaudeville reçu au théâtre de Grenelle
mit le sceau à sa réputation.

De ce jour il vécut de sa plume, indépendant et fier...

. . . .

. . . .

Il y avait dix-neuf mois que Romain mourait de faim, lorsqu'un soir où, par hasard, il rentrait chez lui, sa portière lui remit un pli estampé d'un timbre officiel.

Il rompit l'enveloppe d'une main fiévreuse, croyant y trouver des propositions de collaboration à l'un des *Officiels*.

Mais la lettre n'était pas de M. A. Wittersheim, ce n'était qu'un imprimé. Il lut :

« Le chef du personnel du ministère de l'*Équilibre*
« *national* a l'honneur d'informer M. Romain Caldas
« que par décision de Son Excellence en date du
« 18 janvier 1869, il a été appelé à remplir les fonctions
« d'employé surnuméraire dans les bureaux de son ad-
« ministration.

« (Signé) LE CAMPION. »

— Je la trouve mauvaise, dit Caldas, qui fréquentait depuis quelque temps un assez vilain monde.

Sur cette réflexion il souffla sa bougie, et s'endormit en pensant aux cheveux blonds de Mlle Célestine, l'ingénue de Grenelle, qui les a rouges.

. . . .

. . . .

.

—

— Toc, toc, toc, toc...

— Qui est là ? dit Caldas, furieux d'être éveillé en sursaut.

— C'est moi, Krugenstern, fit un accent souabe des plus prononcés.

— Mon Dusautoy, murmura Caldas ; et il ouvrit.

Il était joliment en colère, le père Krugenstern, ce matin-là. Il voulait de l'argent, il attendait son argent depuis dix-neuf mois.

— Et voilà dix-neuf mois aussi que j'attends ma nomination, s'écria Caldas, et je viens seulement de la recevoir ; tenez, la voici. Mais elle arrive trop tard... quand je n'ai plus d'habits... je vais allumer ma pipe avec ce chiffon.

Krugenstern retint la main de l'insensé. A ce mot de nomination, son cœur de tailleur avait battu plus fort. Il avait compris que de ce jour Caldas devenait un débiteur sérieux ; sa créance allait avoir une base ; l'employé présente une surface, et l'on peut mettre opposition à ses appointements.

Sans mot dire, grave, contenu, M. Krugenstern tira de sa poche son mètre et son morceau de craie, et prit mesure à Caldas, qu'il trouva sensiblement maigri.

— Mais...que faites-vous, mon cher ami? dit Caldas inquiet.

— Che fous vais ein bartessus, ein baldot, ein bandalon et ein chilet; fus aurez tut cela temain, temain madin, te ponne heure.

Et il sortit.

Caldas, qui avait des sentiments délicats, comprit qu'il était engagé d'honneur à prendre le grattoir dans la grande armée de la paperasse.

C'est ainsi qu'un tailleur allemand détermina la vocation d'un administrateur français.

Il était beau, il était frais, il était distingué.

Ah ! M. Krugenstern avait bien fait les choses, mais Caldas l'avait bien secondé.

Il avait des bottines vernies avancées sur son compte de rédaction par le rédacteur en chef du *Bilboquet* ; il avait un chapeau de soie presque tout neuf, résultat intelligent du libre-échange : toute sa vieille défroque y avait passé.

Même il avait des gants violet-tendre ; mais ces gants lui coûtaient cher. Pour eux il avait vendu à un Porcher du Gros-Caillou ses droits d'auteur sur son quart de vaudeville.

O France ! reine du monde civilisé ! salue à son aurore un de tes maîtres futurs !

— Monsieur, dit-il en s'inclinant devant un homme
en livrée marron-clair, j'ai reçu la lettre que voici...

L'homme en livrée lisait au coin du poêle un article
de M. Dréolle.

A cette voix qui troublait ses délassements intellec-
tuels, il releva la tête ; son regard, sous ses lunettes,
remonta rapidement jusqu'à la boutonnière supérieure
du beau pardessus de M. Krugenstern, et comme il n'y
vit pas le plus petit bout de ruban, sans se donner la
peine de dévisager son interlocuteur, il se replongea
dans sa lecture avec un flegme imperturbable.

— Monsieur, recommença Caldas...

— Là-bas, au fond de la galerie, dit l'homme avec
insouciance.

Au fond de la galerie, Caldas trouva deux autres personnages, toujours en marron-clair, qui prenaient leur
café.

Jugeant l'occurrence favorable pour glisser sa requête, le nouveau tendit à l'un de ces messieurs sa
lettre tout ouverte.

Le moka était réussi, le monsieur de bonne humeur ;
il invita Caldas à s'asseoir sur une banquette, et posant

méthodiquement la lettre d'avis sous un presse-papier, continua à vaquer sans façon à ses occupations gastronomiques.

Au bout de trois petits quarts d'heure, comme Romain se demandait s'il ne ferait pas mieux d'aller rendre à Krugenstern les habits qu'il lui avait confiés pour faire fortune, le garçon de bureau qui s'était montré si bienveillant pour lui reprit en hochant la tête :

— Monsieur, le chef du personnel ne reçoit jamais avant deux heures.

— Diable ! dit Caldas, il n'est pas encore midi.

— Oh ! vous pouvez rester, vous ne nous gênez pas...

On étouffait dans cette galerie, mais il gelait dehors ; Caldas resta.

Cette couple d'heures ne fut pas d'ailleurs inutile à son apprentissage administratif. Il avait eu jusqu'alors des idées tout à fait anglaises sur la valeur du temps ; l'oisiveté si occupée de ces fonctionnaires marron-clair fut une révélation pour lui ; et concluant de leur fainéantise individuelle à la fainéantise universelle de la gent bureaucratique, il caressa le doux espoir de mitiger par le commerce des muses, pendant les heures réglementaires, l'austère labeur de l'employé.

Un coup de sonnette retentit ; le garçon de bureau,

qui s'était endormi pendant que Caldas rêvait, se dressa comme mû par un ressort.

— Monsieur, le chef du personnel est visible, dit-il.

Et rendant au nouveau sa lettre d'introduction, que celui-ci fourra machinalement dans une de ses poches, il poussa une portière capitonnée en maroquin vert et l'introduisit dans une vaste pièce éclairée par deux fenêtres et coupée vers le milieu par un paravent de couleur claire.

Caldas, qui avait l'instinct de la stratégie, eut l'heureuse inspiration de tourner ce bastion, et derrière un vaste bureau il se trouva face à face avec M. le chef du personnel.

IV

M. Edme Le Campion, chef du personnel au ministère de l'Équilibre, chevalier de l'ordre impérial de la
Légion d'honneur, commandeur de l'ordre de Saint-
Grégoire-le-Grand, est un homme de taille moyenne, au
front chauve, à l'œil vacillant. Son âge est un mystère
que nul n'a pu sonder. Il n'a pas d'âge.

Napoléon I⁰ᵗ connaissait, dit-on, par leurs noms tous
les grognards de sa vieille garde ; il sait, lui, la biographie de tous les officiers, caporaux et soldats de son
corps d'armée administratif. Il n'ignore pas plus la position intéressante de Balançard, le contrôleur de l'É-
quilibre de Loudéac, chargé de neuf enfants et d'une
mère aveugle, que les habitudes vicieuses de Fadart,

dit *Liche-à-l'œil,* jeune surnuméraire parisien, qui se galvaude dans tous les caboulots latins.

Bref, le cerveau de M. Le Campion est un véritable bureau à compartiments, divisé en une infinité de casiers administratifs. Dans les lobes de ce cerveau, chaque employé a son dossier, avec pièces à l'appui. Le tout ferme à secret.

Le secret!... mais c'est la condition même de l'existence du chef du personnel. Aussi, fait-il de la discrétion à outrance. On l'a quelquefois entendu parler, jamais répondre. Il fuit les mots précis. Oui et non sont rayés de son vocabulaire. Autant vaudrait interroger la sibylle de Cumes. Ce n'est qu'avec les précautions les plus humiliantes pour son interlocuteur, qu'il ouvrira en sa présence le tiroir où il serre ses plumes et ses crayons; il tremble sans doute de laisser s'évaporer le mystère de l'alchimie bureaucratique...

Cet homme impénétrable est le grand ressort du ministère, un ressort d'acier. C'est sur sa présentation que se font toutes les nominations et toutes les promotions. Il est le dispensateur de l'avancement, dispensateur avare; à lui s'adressent tous les vœux, à lui toutes les prières; il est de la part du peuple employé l'objet d'un culte analogue à celui que le lazzarone napolitain professe pour son grand saint Janvier. Le fanatisme y touche de près à l'insulte, l'adoration à l'outrage. Le miracle de l'avancement ou de la gratification a-t-il eu lieu, Dieu ne fait pas fleurir assez de roses pour le saint Janvier de l'Équilibre ; mais le bienheureux du personnel a-t-il fait la sourde oreille, ce n'est plus du rez-de-chaussée aux combles de la maison qu'un formidable concert d'invectives et d'imprécations. Impassible, il ne sait rien de cet orage.

Lorsque, du même pas méthodique, son parapluie sous le bras, drapé dans son nuage de mystère, il traverse les corridors, la crainte et l'espoir ferment toutes les bouches et découvrent toutes les têtes.

La renommée, qui grossit tout, exagère certainement l'omnipotence du chef du personnel, et les employés de province qui, chaque année, font deux cents lieues pour tenir le bougeoir à son petit lever, n'auraient peut-être pas tort de faire cette économie de bouts de chandelles. Non, Le Campion n'est pas tout-puissant ; non, Le Campion ne fait pas tous les jours ce qu'il veut ; il est juste, mais il n'est pas le maître ; il propose le plus méritant, et le plus protégé est nommé. Il est juste, et il fait des injustices ; mais chacune de ces injustices est comme une épine cruelle qui hérisse son oreiller et trouble la nuit les rêves de sa conscience.

V

Quels pensers agitaient l'homme intérieur dans Caldas depuis tantôt trois minutes qu'il se tenait au port d'armes, le chapeau à la main, le cœur palpitant sous son gilet (étoffe anglaise)?

Il m'en coûte peu de l'avouer. Caldas ne pensait à rien. La majesté silencieuse de cette réception avait subitement cristallisé les idées du nouveau.

Le chef du personnel voulut bien enfin s'apercevoir qu'il y avait quelqu'un là. Par habitude il cacha précipitamment une feuille de papier blanc et son grattoir, souleva légèrement ses lunettes et... peut-être allait-il parler, quand la peur du ridicule déliant tout à coup la langue de Caldas :

— Monsieur, dit-il, vous m'avez fait l'honneur de m'appeler...

M. Le Campion, qui ne s'est jamais démenti, ne répondit ni oui ni non...

Caldas continua :

— Vous avez bien voulu me convoquer par une lettre...

Et il cherchait dans toutes ses poches...

M. Le Campion avança la main.

Caldas cherchait toujours avec rage, avec frénésie, sans rien trouver.... Il ne connaissait pas la topographie de son vêtement neuf; depuis avant-hier on portait les poches de côté sur les hanches, et Krugenstern ne l'avait pas initié à ce détail.

La main de M. Le Campion, toujours tendue vers lui, avait des frémissements d'impatience; il le voyait clairement, et l'horreur de cette situation paralysait ses moyens. Il se reprenait à fouiller dans une poche déjà explorée cinq fois.

— Canaille de tailleur ! pensait-il, idiot, Allemand ! me pousser dans un habit dont je ne connais pas les dépendances ! De quoi ai-je l'air ? d'avoir loué une *frusque* chez le fripier.

Enfin, abandonnant toute vergogne, il posa son chapeau à terre, et se palpant par devant, par derrière, de
droite et de gauche dans un suprême effort, il réussit
à trouver la lettre fatale qu'il glissa respectueusement
dans la main toujours tendue de M. le chef du personnel.

— Vous êtes M. Romain Caldas? demanda M. Le
Campion en jetant les yeux sur cette lettre qui portait
sa signature.

— Oui, Monsieur.

M. le chef du personnel toisa rapidement le nouveau :
il lui prenait sa mesure administrative. Du reste, pas
un pli sur sa physionomie qui pût indiquer s'il était ou
non satisfait de son examen. Il reprit avec solennité :

— Vous voulez suivre, Monsieur, la carrière de
l'administration ; c'est une pénible et laborieuse carrière, féconde en déceptions, et que vous ne connaissez sans doute pas encore ; mais vous avez fait votre
droit, je crois.

— Je suis licencié, dit Caldas ; en outre, je crois
pouvoir me rendre utile dans l'administration... j'ai
l'habitude de rédiger, j'ai publié quelques ouvrages.

— Ah! ah ! fit sur deux tons différents M. le chef du
personnel, vous vous occupez de littérature.

Et positivement cette fois sa figure exprima quelque chose. Ce n'était pas de la satisfaction.

Le nouveau s'aperçut qu'il faisait fausse route.

— De littérature, dit-il d'un air désintéressé, pas précisément; quelques travaux sérieux d'économie politique, de statistique...

M. Le Campion, reculant subitement son fauteuil, se leva et s'adossant à la cheminée :

— Notre administration, dit-il en pesant ses paroles, a l'honneur de compter dans son sein plusieurs littérateurs français...

Il fit une pause.

Caldas se reprenait à espérer.

— Ce sont tous, ajouta le chef du personnel, d'exécrables employés.

— Oh! dit le nouveau, je ne suivrai pas leurs traces; entré dans l'administration, je ne veux plus m'occuper que d'elle.

Le lâche reniait ses dieux.

— Vous devez cela, et plus encore, reprit l'auguste fonctionnaire, à l'éminent protecteur qui vous a si vivement recommandé à Son Excellence. C'est à lui que vous avez dû de voir votre demande si rapidement accueillie ; et c'est par conséquent à lui aussi que vous devez d'avoir été reçu à votre examen.

Romain se demandait en lui-même quel était, parmi les vingt inconnus qui avaient apostillé sa pétition, le protecteur assez puissant pour la faire aboutir en moins de deux ans.

Il se trouva que c'était un élève en pharmacie qui venait d'être nommé rédacteur en chef d'une grande revue.

M. Le Campion tira un cordon de sonnette suspendu juste au-dessus de son bureau.

L'homme marron-clair reparut.

— Conduisez monsieur, dit le chef du personnel, chez M. Mareschal, — votre chef de division, ajouta-t-il en s'adressant au nouveau.

Et, comme l'audience était finie, il tourna le dos à Caldas avec cette urbanité parfaite que lui donne l'habitude de recevoir cent vingt visites par jour.

VI

Romain suivit le garçon de bureau.

Ils longèrent un grand corridor sombre, tournèrent à droite, descendirent douze marches, traversèrent deux vestibules, une galerie, remontèrent un étage et demi, s'engagèrent de nouveau dans un corridor plus sombre que le premier, à la suite duquel se trouvait une grande pièce où deux messieurs en habit noir causaient à un bureau.

Caldas s'apprêtait à les saluer, quand il aperçut à leur cou certaine chaîne d'acier en sautoir.

Ces messieurs étaient deux huissiers de Son Excellence.

—Peste ! il fait bon ici, se dit-il, de remuer trois fois la main avant de la porter à son chapeau. L'habit ne fait pas le chef.

Sur cet aphorisme trouvé, il perdit son guide. Le garçon de M. Le Campion avait brusquement tourné à gauche, Caldas prit à droite, hâtant le pas pour rejoindre son pilote. Il marcha droit devant lui, enfila le corridor B, descendit l'escalier 3, gagna l'aile nord, et comme il n'avait pas eu la précaution en passant le matin dans le Luxembourg de ramasser des cailloux à l'instar du Petit-Poucet, il se trouva complétement désorienté dans les parages du corridor L.

Un monsieur passa tête nue avec des paperasses sous le bras ; Romain l'aperçut avec plus de joie que Colomb les premiers oiseaux qui lui annonçaient la terre, et c'est avec l'anxiété du naufragé qu'il le pria de lui indiquer le cabinet de M. Mareschal.

— Attendez, lui dit le monsieur, nous sommes ici dans le corridor L ; tout au fond à gauche vous prenez l'escalier 5, vous le descendez jusqu'au bas ; vous traversez la cour de la fontaine, le portique, la cour des statues, et puis.... mais au fait, non, c'est inutile, vous ne vous y retrouverez jamais.

— Au moins, Monsieur, dit Caldas, je vous en prie, enseignez-moi comment sortir d'ici.

— Toujours devant vous et ensuite toujours à gauche, dit le monsieur en s'éloignant.

— Bien obligé, lui cria Caldas ! Et il s'assit sur un
coffre à bois.

— Je ne m'étonne plus, pensa-t-il, que la moitié des
affaires restent en chemin ; il y a trop de détours dans
ce sérail.

— Ah ! vous voilà, grommela derrière lui une voix
de mauvaise humeur, par où diable êtes-vous passé ?

Caldas reconnut le profil de son cornac.

— Vous me cherchiez ? demanda-t-il.

— Moi ! pas du tout, répondit le garçon ; mais puisque vous voilà, suivez-moi et tâchez de ne plus me
perdre.

Caldas avait presque envie de prendre le pan de
l'habit marron-clair, comme les enfants prennent le
pan du tablier de leur bonne ; mais cette précaution
fut inutile, et il arriva sans encombre au cabinet du
chef de division.

VII

— Monsieur Romain Caldas, fit M. Mareschal en se levant, vous nous étiez annoncé, Monsieur, et vous êtes le bienvenu.

Charmé de cette façon ouverte et cordiale d'accueillir son monde, Romain se sentit tout de suite pris d'une grande sympathie pour son chef de division.

Et vraiment M. Mareschal est l'homme le plus aimable du ministère; il a le don si rare de parler aux petits sans les écraser.

C'est le vrai signe de la force.

— Romain Caldas! continua M. Mareschal après

2.

avoir fait asseoir son subordonné, eh mais! j'ai vu ce nom-là quelque part. Vous écrivez dans les journaux ?

— *Non bis in idem*, pensa le nouveau qui lisait quelquefois les feuilletons de Janin ; et il répondit avec une impudence qui promettait :

— Je n'ai jamais fait imprimer une ligne, Monsieur.

— Ah ! tant pis, dit le chef de division, nous avons ici quelques gens de lettres, ce sont d'excellents garçons, je les aime beaucoup.

— Encore une école, se dit Romain ; drôle de boutique, on ne sait sur quel pied danser. Et comme il avait soif de faire son chemin, il se promit d'avoir toujours quelques cocardes de rechange dans sa poche. Il reprit tout haut :

— Me voici maintenant, Monsieur, tout à votre disposition, et je puis aujourd'hui même, si vous voulez m'indiquer ma besogne...

— Oh ! oh ! fit M. Mareschal en riant avec bonhomie, le feu sacré du premier jour, je connais ça ; il se refroidira.

Caldas mit la main sur son cœur, comme pour prendre le ciel à témoin de la sincérité de son intention.

Le chef de division continua :

— Écoutez, mon cher monsieur, on ne quitte pas

ainsi ses occupations (car je ne vous fais pas l'injure de supposer que vous n'en eussiez pas), sans avoir quelques dispositions à prendre, quelques transitions à ménager ; je vous accorde huit jours de répit. Le service n'en souffrira pas. Rien ne presse en ce moment, et d'ici là, je trouverai quelque occupation intelligente à la mesure de vos capacités.

— C'est à vous que j'aurai l'honneur de me représenter ? demanda Romain.

— Inutile, répondit M. Mareschal, vous irez droit au bureau du Sommier. J'aviserai de votre arrivée votre futur chef, M. Ganivet, un homme charmant, avec qui vous n'aurez que des rapports agréables. Sans adieu, Monsieur, et à huitaine.

Romain sortit en se confondant en remercîments, convaincu qu'entre son chef de division et lui, c'en était désormais à la vie, à la mort.

VIII

Caldas n'avait pas de transitions à ménager.

On quitte la bohême comme une auberge mal famée, quand et comme on peut; on part sans dire adieu à personne.

Les huit jours de répit que lui accordait M. Mareschal furent donc pour lui comme un congé anticipé. Il en profita pour visiter quelques amis de sa famille, de la race de ces correspondants-amateurs auxquels les gens de province recommandent instamment leurs fils à surveiller, comme si à Paris on avait le temps de se mêler des affaires des autres.

Du jour où Romain s'était mis à écrire dans les journaux, il avait cessé de voir ces excellents bourgeois, sachant bien qu'ils devaient le considérer comme un homme à la mer.

En entrant dans l'administration, il revenait sur l'eau et il s'empressait d'aller leur faire part de son sauvetage. Peut-être l'idée que quelqu'un d'entre eux écrirait à sa famille n'était-elle pas étrangère à sa politesse.

Partout il fut bien reçu, et M. Blandureau, riche négociant qui professe pour la littérature l'estime qu'elle mérite, le retint à dîner.

— Vous avez pris un sage parti, jeune homme, lui dit ce commerçant à cheval sur ses principes, en quittant un métier qui n'en est pas un. En embrassant la carrière administrative, vous vous rattachez à la société; vous devenez quelque chose.

— Pardon, interrompit Romain; dans la littérature j'aurais pu devenir quelqu'un.

— Et après?... continua M. Blandureau; songez donc qu'aujourd'hui vous avez une position dans le monde. Et tenez, moi qui vous parle, j'aimerais mieux donner ma fille en mariage à un sous-chef de ministère qu'à n'importe quel académicien. Ce sont les premiers de votre état, et ils gagnent douze cents francs par an!

— Et puis ils sont si vieux! dit Caldas.

M. Blandureau aurait sans doute ajouté des choses

bien plus fortes encore, si Romain ne s'était esquivé pour courir au théâtre.

.   .   .   .   :

.   .   .   .

Ce soir-là il y avait première représentation aux Variétés : toute la presse, grande et petite, était dans la salle. C'était la seconde pièce d'un débutant dont on attendait monts et merveilles.

A onze heures moins le quart, le critique Greluchet fit son apparition au café du théâtre. Il promena son œil flamboyant autour de la salle, cherchant un visage ami. N'en trouvant pas, il appela le garçon par son *petit* nom, et se fit servir une chope. Le critique Greluchet, qu'on avait outrageusement refusé au contrôle, était allé étudier son compte rendu au Casino-Cadet; parti furieux, il revenait presque gai, ayant recueilli deux mots méchants sur la pièce nouvelle à encadrer dans son feuilleton.

Bohême incurable, depuis huit jours Greluchet avait vu la fin de sa dernière pièce de cent sous, ce qui ne l'empêchait pas d'entrer dans ce café, se fiant, pour payer sa consommation, à la Providence qui déjà tant de fois a bien voulu acquitter ses notes.

Pour tuer le temps, il prit une feuille de théâtre et se mit à étudier la distribution de la pièce.

Déjà sa chope était à moitié vide, lorsque la porte du café s'entrebâilla discrètement, et une tête barbue apparut qui interrogeait l'horizon des consommateurs.

Greluchet reconnut cette tête.

Ce n'était pas le messager du Seigneur, le banquier de la Providence...

C'était Cahusac, le bohême qui travaille quelquefois et qui ferait de si charmants articles, s'il prenait la peine de garder la monnaie de sa conversation. Cahusac cause, il n'écrit pas ; c'est un artiste en mots, il pétille comme un feu d'artifice ; et quand l'esprit lui manque, il se sauve par la méchanceté. C'est du fiel champanisé.

Greluchet ne connaissait que trop ce Rivarol de brasserie ; son flanc portait encore une plaie ouverte. Cahusac avait lancé plus d'un mot terrible à son adresse.

Greluchet est sans rancune. Il s'ennuyait tout seul, il appela son bourreau.

Cahusac hésita, mais il avait soif aussi, et il entra.

— Hein ! cria Greluchet, est-ce assez infect ?

Trois bourgeois qui jouaient aux dominos levèrent la tête, et Greluchet fut content, il faisait sensation.

— Que pouvez-vous trouver d'infect, vous? demanda Cahusac avec la dernière insolence...

— La pièce, parbleu !

— Y étiez-vous ?

— J'en sors.

L'œil impitoyable de Cahusac se fixa sur son interlocuteur, qui se sentit si décontenancé, qu'il fit servir une canette.

— Racontez-moi donc la pièce, reprit Cahusac.

— Il n'y a pas de pièce.

— Et les mots ?

— Il n'y a pas de mots.

— Mais enfin, de quoi est il question ?

— Eh ! de rien ? toujours la même rengaine...

— A-t-on sifflé ? a-t-on applaudi ?

— Heu ! heu !

— Bon, dit Cahusac, je suis fixé.

— Sur quoi ? demanda Greluchet surpris.

— Sur vous, parbleu !

Le critique eut presque envie de se fâcher; mais la barbe noire de Cahusac l'intimidait positivement.

Le mot cependant jeta du froid dans la conversation, et Cahusac se levait déjà pour prendre son chapeau, quand la sortie du théâtre fit affluer dans le café un dernier ban de consommateurs.

Parmi eux, l'œil de lynx de Greluchet distingua — non, devina l'ami Romain Caldas. — « La bière est payée, pensa-t-il, merci, mon Dieu! » Et se dressant sur ses maigres jambes, il héla le sauveteur. Du même coup, il fit apporter un moos.

Le trop confiant Romain vint s'asseoir à la table des deux bohêmes.

— Quel succès! dit-il; au dénoûment on nous a servi l'auteur.

Greluchet n'était pas à la conversation; il admirait les beaux habits de Caldas...

— Ah çà! te voilà vêtu comme feu Gandin, dit-il avec envie; il y a donc de l'or, au *Bilboquet* ?

— Pas trop, dit Romain; mais j'ai la confiance d'un tailleur.

— Un tailleur à *tomber*, interrompit Cahusac, je demande son adresse.

— Entendons-nous, reprit Caldas, j'ai sa confiance, parce que j'ai une place.

— Une place ! firent en chœur les deux bohêmes.

— Oui, mes amis, j'entre au ministère de l'Équilibre.

— Paye-t-on la copie ? demanda le critique.

— Cent francs par mois, répondit Romain, pour commencer.

— Alors, mordioux ! fit le critique, saisissant la balle au bond, c'est toi qui régleras la consommation.

— Cent francs, reprit Cahusac, mais c'est la Californie ; je demande une pioche... Voyons, qu'est-ce qu'il faut faire pour gagner tout cet argent-là ?

— Pas grand'chose, en vérité. On arrive au bureau sur les dix heures ; à cinq heures on est libre.

— Ça fait sept heures, observa Cahusac, c'est long !

— Y va-t-on tous les jours ? demanda Greluchet.

— Dame, oui, les dimanches exceptés.

— Ça fait vingt-six jours par mois, remarqua le critique ; c'est beaucoup.

— Je vous trouve superbes, reprit Caldas ; est-ce que vous avez jamais gagné cent francs à travailler dans vos journaux ?

— D'abord nous ne travaillons pas, répliqua Cahusac.

— Et nous sommes libres, ajouta Greluchet.

— Vous n'allez pas toujours où vous voulez, dit l'autre.

— Pas toujours, mais qu'importe ?

— Il importe si bien, s'écria Cahusac, que de vos cent francs je ne veux en aucune sorte, et ne voudrais pas même à ce prix d'un tailleur.

IX

La fable du loup et du chien ne fit point revenir Caldas sur sa détermination. Il allait porter un collier, c'est
vrai, mais le blesserait-il plus que le collier de misère,
dont il gardait encore les cicatrices?

Plein de confiance en l'avenir, il écrivit à son père
pour lui annoncer son changement d'existence. Cette
lettre, qui devait combler de joie la moitié de la popu-
lation de Céret (Pyrénées-Orientales), faisait honneur
aux bons sentiments de Romain, le post-scriptum surtout, où il demandait quelque argent : un fils respec-
tueux n'écrit jamais à ses parents sans leur demander de l'argent.

Caldas en avait un grand besoin, d'argent. M. Krugenstern, par oubli sans doute, avait négligé de payer le loyer et la pension de son protégé. Une fausse honte avait empêché Romain de lui rappeler ce détail important.

Bachi-bozouk littéraire, Caldas dînait le plus souvent de la razzia de l'imprévu. Il campait au bivouac de l'amitié ou de l'amour, — du crédit quelquefois. Incorporé dans les bataillons réguliers de l'administration, il lui fallait désormais un *ordinaire* et un casernement assurés.

Voilà pourquoi il avait fait traite sur l'amour paternel.

La civilisation, qui s'intéresse aux nègres, n'a pas encore prohibé la traite des pères.

X

En attendant la réponse de Céret, Caldas rêvait aux moyens d'enterrer sa liberté au bruit de cette musique qu'aime Marco. Aux placers vingt fois remués de son imagination, il réclamait un peu d'or, oh! pas beaucoup! le prix d'un souper.

Ma foi, il se paya d'audace; il alla demander « de l'ouvrage » au directeur d'un grand journal. Ce directeur, qui fait profession d'aimer la jeunesse, accueillit avec empressement l'offre de collaboration de Caldas. Sacrifiant pour lui cinq minutes du temps qu'il consacre à l'éducation des peuples, cet homme politique ne craignit point de lui révéler son dernier mot sur « l'Évêque de Rome, » et finit en lui commandant un article sur une nouvelle pâte à faire couper les rasoirs.

En vingt-quatre heures, Romain fit un poëme. Le directeur du grand journal, après avoir lu attentivement l'article, crut pouvoir lui prédire un bel avenir littéraire, et, séance tenante, lui fit compter quarante francs.

— J'aime la ligne de ce journal, pensa Caldas.

Muni de ce viatique, il s'élança dans un fiacre :

— A Grenelle, au théâtre ! dit-il au cocher.

Il y avait déjà plus de six semaines que le cœur de Caldas avait été incendié par la chevelure de mademoiselle Célestine. C'était à la descente de l'*Omnibus des Artistes* qu'il l'avait aperçue pour la première fois.

— Le connaissez-vous, monsieur, cet omnibus ? Il a fait la fortune du directeur de génie qui a su appliquer ce véhicule à l'art dramatique.

Ce grand homme a résolu pour le comédien le problème de l'ubiquité. Avec une seule troupe, M. Mont-Saint-Jean dessert huit salles de la banlieue, et, grâce au trot rapide de ses chevaux, le même « bon fils » peut, le même soir, retrouver sur quatre théâtres aux quatre points cardinaux la même « croix de sa mère. »

Et des esprits chagrins viendront nous dire que l'art est dans le marasme !...

— Non, monsieur, la carrosserie a fait de grands progrès.

Scarron ne donnait qu'une charrette à sa troupe ambulante. Mont-Saint-Jean met à la disposition de ses artistes une voiture à ressorts.

C'est égal, l'auteur du *Roman comique* reconnaîtrait les siens ; il saluerait plus d'un visage aux vitres de l'omnibus.

Du reste, Mont-Saint-Jean est plus fort que lui. Son omnibus a dix-huit places ; il y fait tenir trente comédiens.

L'étoile de Caldas brillait ce soir-là du plus vif éclat au firmament. Il arriva au théâtre, juste comme mademoiselle Célestine, qui venait d'être poignardée par le duc de Buckingham, chaussait ses caoutchoucs pour regagner la loge paternelle.

Cette ingénue avait été cruelle pour Romain : c'est en vain qu'il avait composé pour elle des sonnets de la plus belle eau ; c'est en vain qu'il l'avait opposée dans le *Bilboquet* à mademoiselle Fix de la Comédie-Française ; elle avait résisté.

Elle ne résista pas à l'offre d'un souper chez Magny.

Mais en passant devant le Grand-Condé, elle s'aperçut que sa robe était déchirée.

— Ah! si vous m'aimiez réellement, soupira-t-elle en lui serrant la main.

Caldas n'hésita point, — et pourtant il n'avait pas dîné. Mademoiselle Célestine eut une robe qui fit long-temps le désespoir de sa bonne amie, la forte jeune pre-mière amoureuse. Mais le souper des fiançailles se fit chez Romain. La rôtisseuse de la rue Dauphine four-nit pour trois francs un frugal menu qui fut arrosé d'un petit-bleu largement baptisé.

Il monta pourtant à la tête de Romain, ce cru d'Ar-genteuil, si bien qu'il commit l'imprudence d'avouer à Célestine sa récente nomination au ministère de l'Équi-libre national. Des rêves d'ambition se mêlaient à ses rêves d'amour. Il ne cacha pas à son amante que le plus bel avenir administratif lui était réservé. Il se voyait déjà chef de division et lui faisait présent d'une voiture attelée de deux chevaux gris pommelés.

— Je t'aimerai toujours, lui dit l'ingénue, et je vien-drai chez toi tous les trente et un du mois.

3.

XI

Elle avait l'habitude d'aller en voiture, la pensionnaire de Mont-Saint-Jean.

Caldas fut héroïque ; il lui restait trente centimes, il offrit l'omnibus.

Et pourtant le jour qui se levait, était son premier jour de servitude. Pour la première fois il se dit :

— Allons, il faut aller à mon bureau !

Il fallait aller au bureau, en effet, sans avoir déjeuné, sans un sou, sans savoir s'il dînerait le soir...

Il fut sur le point, le misérable, de regretter ses quarante francs.

Qu'en restait-il à cette heure ? une vague senteur ambrée dans sa chambre de garçon, une épingle noire sur sa cheminée.

Un espoir survivait chez lui, et c'est avec un battement de cœur qu'en passant devant la loge de sa portière il lui jeta ces mots :

— Avez-vous une lettre pour moi ?

La portière haussa les épaules avec mépris.

— C'est fini, se dit-il, je ne dois plus compter sur mon père.

Et serrant d'un cran la boucle de son pantalon, il courut au ministère.

M. Ganivet, son chef de bureau, l'attendait ; même il avait gardé son habit noir pour cette solennité : d'ordinaire, pour abattre de la besogne, il se met en manche de chemise.

Caldas n'avait jamais vu un homme aussi poli que M. Ganivet : poli est trop peu dire ; son geste moelleux, sa voix de miel, l'onction de son sourire, en font l'incarnation vivante de cette formule stéréotypée : « J'ai l'honneur d'être, monsieur, votre très-humble et très-obéissant serviteur. »

Mais cette urbanité perpétuelle n'est {aussi qu'une

formule chez M. Ganivet. Très-orgueilleux au fond et très-fier de sa position, s'il condescend à tant d'amabilité pour les inférieurs, c'est qu'il a fait son profit du mot de Gavarni : « Les petits mordent. »

C'est le *credo* de sa politique. Cet ambitieux de bureau cherche son levier dans la popularité. Si le ministre était nommé au suffrage universel des employés, il aurait le portefeuille.

Cet homme déconcerta Caldas par ses prévenances. Il lui roula un fauteuil près de la cheminée et le pria de se chauffer les pieds sans façon. Ensuite il lui tint un petit discours qui peut se résumer ainsi : « Je vous connais, monsieur, je sais que les modestes fonctions qui vous sont assignées ici sont bien au-dessous de vous ; je rougis presque d'avoir à vous tracer une besogne si mesquine. Des employés comme vous, monsieur, rendent bien difficile la position d'un chef ; c'est vous qui devriez être à ma place. »

— Oh ! oh ! se dit Caldas, tu me fais poser, mon bonhomme.

M. Ganivet ne faisait pas poser Caldas ; il lui récitait son petit programme, voilà tout.

Le reste de l'entretien fut digne du commencement. Le chef de bureau, du ton de l'intérêt le plus profond, s'informa de tout ce qui touchait Romain, de son passé,

du présent et de son avenir ; il lui demanda des nouvelles de sa famille, et combien son père avait eu d'enfants. Il termina en le félicitant d'avoir été nommé au
bureau du Sommier, le bureau le mieux composé de
tout le ministère. Il lui traça un portrait vraiment flat-
teur de ses collègues, gens spirituels, instruits, aima-
bles et de la meilleure compagnie, tous appelés au plus
bel avenir. Il prit la peine de le conduire lui-même
jusqu'à la porte du bureau.

Là, il lui donna une chaude poignée de main, et finit
en lui demandant sa protection.

XII

Seul, au milieu du corridor, Caldas vit avec anxiété
s'éloigner M. Ganivet.

L'idée de se présenter à des collègues si remarquables l'inquiétait sérieusement ; il éprouvait quelque
chose de cette émotion du jeune poète qui, son manuscrit à la main, va frapper à la porte du Théâtre-Français et sollicite une lecture de MM. les Sociétaires. Il
cherchait un mot aimable, dégagé, spirituel, à dire en
entrant, un de ces mots qui posent à tout jamais un
homme.

En attendant il restait immobile devant la porte ; il
étudiait la physionomie de ces panneaux derrière les-

quels se trouvait l'inconnu. Il lut, sans y rien compren-
dre, les énigmatiques désignations que voici :

VINGT ET UNIÈME DIVISION.

SECTION 17e	SOMMIER	9e BUREAU

De la lettre A à la lettre H

LE PUBLIC N'EST ADMIS QUE DE 2 HEURES 1/4
A 3 HEURES 1/2.

— Tout ceci ne m'apprend pas grand'chose, murmura
Caldas. Bast, entrons !

Il ouvrit la porte... et reçut une pomme cuite sur
l'œil.

— Sacrrrrebleu ! s'écria-t-il en portant la main au
siége de la douleur.

— Vous ne savez donc pas lire ? lui cria un monsieur
armé d'un balai et perché sur une échelle ; le public
n'est admis que de deux heures un quart à trois heures
et demie.

Deux autres messieurs, dont l'un brandissait des pincettes, tandis que l'autre se faisait un bouclier de son pupitre, lui crièrent aussi :

— Le public n'est admis...

— Mais sapristi' je ne suis pas le public, riposta Caldas, je suis employé dans ce bureau; M. Ganivet...

— Tiens, c'est le nouveau, dit le monsieur aux pincettes.

— Vous arrivez à propos, dit le monsieur sur l'échelle, nous sommes accablés de besogne.

— Voici votre place, ajouta le monsieur au bouclier, en lui montrant une table non occupée.

Et, profitant d'un moment d'inattention du monsieur aux pincettes, il lui asséna sur les reins un coup de règle plate à assommer un bœuf.

La petite guerre recommença, sans qu'on fît davantage attention au nouveau, qui s'assit piteusement à sa place.

La victoire ne tarda pas à se déclarer en faveur du monsieur à l'échelle et du monsieur aux pincettes. Forcé dans ses derniers retranchements, l'homme au pupitre lâcha pied et courut se réfugier derrière Caldas pour éviter la bagarre. Le nouveau se leva brusquement; sa chaise roula à trois pas, et, du coup, il fut atteint par les pincettes.

Ma foi, la moutarde lui monta au nez; il saisit un plumeau et se rangea du côté de l'homme au pupitre, qui, grimpé sur une table, se défendait courageusement.

Caldas tapait comme un sourd, et le vacarme redoublait.

Tout à coup la porte s'ouvrit; un quatrième monsieur entra.

C'était un petit homme sec, jaune, bilieux, à l'œil cave. Comme on était au lundi, il était rasé de frais.

M. Rafflard (tel était son nom) ne se fait raser que tous les dimanches. M. Rafflard s'enrhume facilement; c'est pourquoi il porte des chaussons fourrés et une calotte; il y a même une plaisanterie de tradition à ce sujet dans le neuvième bureau : tous les ans, au 1er janvier, les collègues de M. Rafflard lui offrent une calotte de velours; il s'est fâché la première année, depuis il s'est fait à ce cadeau, peut-être même se fâcherait-il si on négligeait cette prévenance.

Malheureusement on ne lui donne pas de paletot pour remplacer celui qu'il porte à son bureau depuis l'année du retour des cendres; ce paletot a juste deux ans de service de moins que M. Rafflard. C'est en 1838 qu'il fut nommé surnuméraire; il a mis vingt-trois ans à devenir commis principal; on n'avançait pas vite de son temps; il croit qu'il sera sous-chef au moment de sa retraite; mais il est le seul à le croire. Rafflard a son bâton de maréchal; tout le monde sait qu'il n'ira pas plus loin. Et s'il ne va pas plus loin, c'est simplement parce qu'il n'a pas été plus vite.

Son peu de chance dans l'administration a aigri son humeur; il avait le caractère difficile en entrant au ministère de l'Équilibre; il est devenu tout à fait insupportable. C'est la faute d'une gastrite, produit de son ambition rentrée.

Profondément inintelligent, il rachète son incapacité par une gravité imperturbable. Il est fainéant, mais on ne l'a jamais vu inoccupé. C'est le paresseux le plus actif et la nullité la plus solennelle de l'Équilibre.

M. Rafflard sembla fort choqué de la conduite de ses collègues.

— C'est avec de pareils enfantillages, dit-il, que vous faites le plus grand tort à tout le bureau. Vous ne serez donc jamais sérieux!

Les fonctions de commis principal, au ministère de l'Équilibre, ne comportent aucune prééminence sur les autres commis ou rédacteurs. Il est chargé seulement de distribuer le travail quotidien aux expéditionnaires. Si donc un commis principal a dans un bureau quelque influence, il ne la doit qu'à sa valeur personnelle. M. Rafflard n'avait ni l'une ni l'autre.

Trois grognements accueillirent son observation, et l'homme aux pincettes, se glissant derrière le commis principal, lui enleva lestement sa calotte.

— Que c'est bête, monsieur Basquin ! s'écria-t-il ; vous allez me faire prendre un rhume.

— On ne lui rendra sa calotte que s'il éternue, dit l'homme à l'échelle.

— Bravo, Nourrisson ! firent les autres ; éternuez mon oncle !

« Mon oncle » est une autre plaisanterie tradition- nelle dont la légende se perd dans la nuit des temps.

Le commis principal ne répondit rien. Il gagna d'un air revêche le bureau séparé qu'il occupait auprès de la fenêtre.

— Quand il vous plaira de rendre ma calotte, conti- nua-t-il, vous me le direz.

— Qu'est-ce que tu payes si on te la rend ? demanda l'homme au pupitre.

— Je ne paye rien ; je n'ai pas douze mille livres de rente comme toi, Gérondeau. Si je les avais, je ne serais pas ici à faire ce métier de galérien.

A ces mots, « douze mille livres de rente, » Caldas laissa tomber son plumeau ; il considéra avec curiosité ce quadragénaire opulent qui répondait au nom de Gérondeau.

On rendit la calotte à M. Rafflard, qui n'en grogna que plus fort.

— On ne peut jamais travailler ici, c'est dégoûtant. Si vous n'avez rien à faire, moi, j'ai de la besogne : un rapport à faire copier.

— Voilà votre homme, dit Gérondeau en montrant Caldas ; monsieur est notre nouveau collègue.

Caldas se leva pour prendre des mains du commis principal le rapport en question.

— Vous n'êtes pas dégoûté, vous, dit l'autre, un travail destiné au ministre !

— C'est donc bien difficile ? demanda Romain.

— Parbleu ! il faut avoir été maître d'écriture.

XIII

Tout rentra dans l'ordre peu à peu ; le rapport fut confié au jeune Basquin qui possède la plus belle ronde de l'administration : Gérondeau et Nourrisson s'installèrent à leur pupitre ; l'un se mit à tracer un transparent, et l'autre se plongea dans le feuilleton de la *Patrie*.

— Je voudrais cependant bien faire quelque chose, hasarda Caldas.

— J'ai là un état de mutation, interrompit vivement Gérondeau.

— Et moi un arrêté, minute et ampliation, ajouta Nourrisson.

— Gardez donc votre besogne pour vous, répliqua le commis principal. Le chef m'a spécialement recommandé monsieur, je vais lui faire préparer des chemises.

A l'idée que la préparation des chemises allait devenir son attribution spéciale, Caldas fut saisi d'admiration. Il comprit qu'en administration comme en industrie, la division du travail est la loi fondamentale. L'aiguille, avant d'être livrée au commerce, a passé dans les mains de vingt-sept ouvriers. S'il ne fallait que vingt-sept employés pour le parachèvement d'un dossier !

Romain se mit donc consciencieusement à préparer des chemises, en attendant le jour où on le trouverait capable d'en écrire les intitulés.

Comme il s'escrimait de la règle et du couteau à papier, le garçon du bureau entra.

Une douce intimité régnait entre ce garçon et *ses* employés.

— Eh bien ! Népomucène, cria Basquin, et les amours, et l'écaillière ?

(Les amours de Népomucène et de l'écaillière, qui ont égayé plusieurs générations au bureau du Sommier, ne sont plus aujourd'hui qu'une rengaine qui peut se traduire ainsi : « quoi de neuf? »).

Népomucène alla fermer soigneusement la porte qu'il avait laissée entrebâillée, et revenant avec un air mystérieux :

— Vous ne savez pas, dit-il, la femme du sous-chef du bureau de l'Équilibre médical...

— Eh bien ?

— Je ne vous dis que ça...

— Ah ! bah !

— Et une drôle d'affaire encore !... Faut-il que les femmes aient de la malice...C'est le garçon des lampes qui m'a conté la chose... Dame, il n'est pas beau, M. Ravineux.

— Ne nous faites donc pas languir, Népomucène, dit Gérondeau.

— Eh bien ! voilà : M'ame Ravineux, une blonde qui n'est pas piquée des vers, allez, s'en est laissé conter par M. de Gandes du secrétariat...

— De Gandes, un beau garçon, et qui est riche, fit Gérondeau.

— Alors, comme M'ame Ravineux demeure à Auteuil dans une maison qui n'a pas de concierge, elle avait donné une clef au jeune homme ; les soirs où

M. Ravineux dînait à Paris, M. de Gandes allait à Auteuil. Il était prévenu, et prévenu par le mari, ce qu'il y a de superbe...

— Comment ça? demanda Basquin.

— M. Ravineux porte habituellement des cravates noires ; quand il devait manger en ville, sa femme le matin lui faisait mettre une cravate blanche, vous comprenez.

— Pas bête, dit Gérondeau ; elle me plaît, cette petite femme.

— Oui, mais voilà le malheur : jeudi dernier, elle était malade ; M. Ravineux s'habille, il ne trouve pas de cravate noire, il en met une blanche. M. de Gandes voit le signal, et le soir il court à Auteuil, ouvre la porte, monte à tâtons l'escalier et tombe sur le mari. Dame, tout se découvre !

— J'aurais été plus adroit, dit Gérondeau.

— Qu'est-ce que vous auriez fait? il apportait un gros bouquet de camélias... Au fait, voilà deux jours que M. Ravineux n'a pas reparu, M. de Gandes non plus. Il paraît que ça finira en police correctionnelle.

— Sacredieu ! interrompit M. Rafflard en tapant du poing sur sa table, il n'y a pas moyen de travailler ici !

— Voyons, reprit le garçon de bureau, qu'est-ce que je vais prendre à ces messieurs pour leur dé-jeuner?

Chaque employé donna ses instructions.

— Et vous, monsieur, dit Népomucène en s'adres-sant à Romain, ne vous faut-il rien ?

— Merci, répondit Caldas qui mourait de faim, je n'ai pas d'appétit.

— Moi non plus malheureusement, soupira Géron-deau, mais je mange tout de même, ça m'occupe !

XIV

Au ministère de l'Équilibre national, le déjeuner est l'occupation la plus sérieuse de la journée.

Autrefois on accordait une heure aux employés pour déjeuner au dehors. Mais le ministre ayant reconnu l'abus de cette tolérance, décida qu'ils prendraient désormais leur repas dans les bureaux. Aujourd'hui, grâce à cette mesure efficace, le déjeuner n'absorbe pas beaucoup plus du tiers des six heures réglementaires.

Il résulte de cette mesure un autre avantage : les miasmes des paperasses se trouvent heureusement combinés avec les parfums culinaires les plus variés.

Chaque pièce révèle la nationalité gastronomique de ceux qui l'occupent : il y a le bureau des Alsaciens qui sent la choucroute, et le bureau des Provençaux qui sent l'ail.

L'étranger qui arrive à Paris et va visiter la ménagerie au Jardin des Plantes, ne regarde pas à donner la pièce aux gardiens pour assister au repas des bêtes. De même, pour étudier l'employé de l'Équilibre, il faut arriver à l'heure où il prend sa nourriture. A ce moment les caractères se dessinent, les personnalités s'accusent, les situations se révèlent.

Caldas, qui a bien voulu me servir de cornac quelquefois, m'a promené certain jour dans le dédale de son ministère entre midi et trois heures ; car tous les employés, depuis la nouvelle mesure, ne mangent pas au même moment.

Mon ami m'a fait voir l'employé sobre, qui grignotte l'antique petit pain d'un sou et se désaltère de l'eau tiède de la carafe qui mijote sur la cheminée ; c'est un père de famille gêné, à moins que ce ne soit un libertin qui nourrit un vice aux dépens de son estomac.

Il m'a montré aussi l'employé goinfre, qui engloutit et digère des montagnes de charcuterie ; l'employé gourmet, qui traite son ventre comme un ministre, qui élabore son café, mélange d'amateur, dans une cafetière à condensateur ; l'employé que son épouse soigne, à qui l'on apporte chaque jour une collation chaude ; l'employé à la bouteille de vin, membre du nouveau Caveau ; et l'employé à la bouteille d'eau-de-vie, hélas !...

Ce petit jeune homme a une mère qui le gâte ; il arrive les poches bourrées de friandises.

Cet employé économe achète chaque mois sa provision de salaisons à la halle et vit vingt-huit jours sur un jambonneau.

Enfin Caldas m'a fait connaître un ambitieux qui fera son chemin :

C'est l'employé qui ne déjeune pas.

XV

Les quatre employés du bureau du Sommier, collègues de Caldas, étaient éclectiques en gastronomie.

A peine le garçon parti, chacun d'eux prépara sa
petite batterie de cuisine.

Grattoirs, plumes et canifs rentrèrent dans les tiroirs
pour faire place aux assiettes, aux verres, aux couteaux, aux fourchettes.

Nourrisson prit dans un carton sur lequel on lisait :
Affaires litigieuses, un plat de fer battu et un gril.

Le commis principal tira d'une armoire la casserole
où il prépare son chocolat, et plaça devant le feu la
bouilloire où il fait cuire son œuf mollet.

4

Gérondeau avait fait table rase ; il mettait la nappe en linge damassé, ma foi ! Gérondeau a un huilier, une salière, une cafetière et une cave à liqueurs dont la clef ne le quitte jamais.

Le calligraphe Basquin rinçait son verre ; du déjeuner il ne soigne que les liquides.

Le garçon de bureau, messager des appétits, rentra ployant sous le poids d'un filet rempli de comestibles divers ; il portait aussi dans un panier à trois étages la collation de Gérondeau, une douzaine d'huîtres, un demi-perdreau truffé, une barbue aux fines herbes, une tranche de roquefort, une poire duchesse et une bouteille de sauterne. L'addition montait à 11 fr. 50 c.

L'expéditionnaire Gérondeau dépense à son déjeuner les appointements d'un sous-chef.

— Ouf ! dit le garçon en déposant son filet, j'ai cru que je n'en finirais pas. La dame de comptoir me racontait qu'un des garçons a volé plus de quatre-vingts bouteilles de vin à la cave. Nous lirons ça dans la *Gazette des Tribunaux*. Et puis, j'ai eu joliment de peine à trouver des harengs saurs, allez !

— Qu'est-ce qui mange des harengs saurs ? s'écria le commis principal d'un ton furieux.

— C'est moi, fit Nourrisson, après ?...

— C'est vraiment intolérable, continua M. Rafflard, vous semblez prendre plaisir à nous empester ! Hier des cervelas à l'ail, aujourd'hui des harengs.

— Vous mangez bien du chocolat purgatif, vous, ça empoisonne la pharmacie !

Au lieu de répondre, le commis principal se précipita vers sa bouilloire. Depuis dix minutes qu'il discutait, il avait oublié son œuf.

— Sacré tonnerre ! s'écria-t-il, je n'ai pas de chance, mon œuf est dur !

— Tant mieux, dit Nourrisson, je te l'achète pour ma salade.

— Allez au diable, répondit Rafflard en piétinant avec rage sur son œuf.

Népomucène était sorti. Les employés du bureau du Sommier causaient gaiement la bouche pleine. Au jeu de toutes ces mâchoires, Caldas se sentait défaillir, la faim, que dis-je ? la fringale lui mordait l'estomac ; l'odeur des truffes de Gérondeau lui donnait le vertige. Il songeait avec effroi, en louchant du côté de ces huîtres appétissantes, que ce supplice de Cancale allait se renouveler tous les jours, et il se demandait pourquoi l'administration ne paye pas ses employés chaque soir.

Le déjeuner tirait à sa fin : Gérondeau ouvrait sa cave à liqueurs. Basquin, qui venait de se tailler quelques cure-dents dans un paquet de plumes à quatre francs, arracha Romain à ses sombres réflexions.

— Vous ne dites rien, collègue ; acceptez donc un verre de cognac pour vous égayer !

Caldas se sentit profondément humilié ; mais il ne refusa pas.

Au même instant, le garçon de bureau rentra pour remplir la carafe vidée par le seul Rafflard.

— Avec tout ça, dit Basquin, en trinquant avec le nouveau, nous ne savons pas encore votre nom.

— Je m'appelle Romain Caldas.

Népomucène dressa l'oreille :

— Comment dites-vous, monsieur ? demanda-t-il.

Romain, un peu surpris de cette familiarité, répéta son nom.

— Eh ! j'ai une lettre pour vous, j'allais la rendre au facteur.

Caldas ouvrit de grands yeux, mais il les écarquilla bien davantage en reconnaissant l'écriture paternelle.

Il rompit le cachet d'une main fiévreuse, et un mandat rouge tomba à ses pieds.

Gérondeau, qui sirotait un verre de chartreuse, se baissa pour ramasser le mandat.

— Ah! ah! jeune homme! s'écria-t-il, voilà pour payer votre bienvenue. Cent vingt francs, ajouta-t-il, en recevez-vous souvent comme cela?

— Tous les mois, répondit Romain, qui voulait se poser dans l'esprit de ses collègues.

La lettre de M. Caldas le père était ainsi conçue :

« Mon cher Romain,

« Si tu ne m'as point menti, cette lettre te parvien-
« dra, et je ne regretterai pas l'argent que j'y joins,
« puisqu'il te sera utile pour t'assurer une position.
« Si au contraire, comme cela malheureusement t'est
« arrivé quelquefois, tu avais cherché à m'en imposer,
« cet argent échappera à tes prodigalités.

« Je t'adresse cette lettre au ministère où tu es nom-
« mé (à ce que tu me dis), au bureau que tu me dé-
« signes. Puisses-tu, mon fils, persévérer dans cette
« voie, et renoncer à ce dégoûtant métier de journa-
« liste. La statistique, mon fils, t'apprendra que ce mé-
« tier peuple les hôpitaux et parfois les prisons.

« Adieu, ta mère t'embrasse, elle a joint vingt francs
« aux cent que je m'étais proposé de t'envoyer. »

La ruse paternelle affligea sensiblement Caldas,
mais les cent francs étaient un baume à cette blessure.

Il n'eut plus qu'une idée : sortir pour aller manger.

Mais comment faire ? Il n'osait point s'ouvrir à ses
collègues. Demander conseil eût été avouer qu'il désirait passionnément toucher ce mandat et faire soup-
çonner qu'il était sans le sou. L'insidieuse proposition
de Gérondeau lui offrit une planche de salut.

— Messieurs, reprit-il, je serais heureux de vous offrir à dîner, mais je voudrais auparavant toucher ce
mandat, et je crains qu'à la fin de la séance le bureau
de poste ne soit fermé.

— Parbleu ! allez le toucher tout de suite, dit l'impu-
dent Gérondeau.

— Mais n'est-il pas défendu de sortir ?

— Sans doute, mais on sort tout de même, on exécute le tour du chapeau.

— Qu'est-ce que c'est que cela ? demanda Romain.

Basquin bondit de dessus sa chaise et retomba sur
ses pieds au beau milieu de la pièce ; il releva ses

manches à la façon d'un escamoteur, et de la voix bouffonnement emphatique d'un joueur de gobelets :

— Écoutez bien, jeune homme, dit-il, car je ne parle pas ici pour le reste de l'honorable socilllliété.

LE TOUR DU CHAPEAU

ou

L'ESCAMOTAGE DE L'EMPLOYÉ

Il s'agit d'escamoter un employé sous l'œil de ses supérieurs, et que ceux-ci n'y voient que du feu ! Ça vous paraît difficile, jeune homme, c'est l'enfance de l'art. Mais, me direz-vous : « Malin, comment fais-tu donc ce tour du chapeau? » Rien n'est plus simple, plus aisé, plus commode et plus naturel. Il fait beau, vous voulez prendre l'air, un petit verre ou une queue de billard : vous faites choix d'un collègue sédentaire, — sédentaire, là gît toute la difficulté — d'un collègue dont la tête soit en rapport avec la vôtre ; vous lui empruntez son gibus et vous filez avec. Vous avez eu soin de laisser le vôtre en évidence sur votre pupitre, avec votre mouchoir et vos gants, si vous en usez. Pendant ce temps-là le chef peut venir, il voit votre chapeau et vous êtes bien noté. Le tour du chapeau est fait, et le vôtre aussi.

XVI

— Ma foi, dit Caldas, je vais exécuter le tour du chapeau et courir jusqu'à la poste.

'Il essaya alors le couvre-chef de ses collègues. Celui de Gérondeau, qui était beaucoup trop grand, ne lui allait pas mal.

Basquin lui enseigna l'art de rétrécir le diamètre d'un chapeau en insérant entre la doublure et le carton quelques feuilles d'un magnifique papier à lettre.

Nourrisson, qui mange des harengs saurs parce qu'il est coquet, lui offrit une brosse, un peigne et du savon qui sentait le musc.

Caldas n'accepta pas. Il était trop pressé.

Au moment où il sortait, Basquin l'arrêta.

— Il fait du soleil, lui dit-il, je vais vous accompagner.

La mine de Romain s'allongea à cette proposition.
— Si ce diable d'homme vient avec moi, pensait-il,
adieu mon déjeuner.

Il n'osa pas cependant décliner l'offre gracieuse.

— Attendez-moi, dit Basquin, le chapeau qui me va
est deux étages plus haut, à la comptabilité. Je vais le
chercher.

Gérondeau profita de ce retard pour faire à Caldas
quelques recommandations suprêmes.

L'opulent expéditionnaire ne voyait pas sans angoisses son chapeau aller se promener sur la tête d'autrui.

— Ayez-en bien soin, lui dit-il, ne marchez pas trop
près des maisons : il tombe des gouttes d'eau souvent
de la toiture, et si vous rencontrez de vos connaissances, évitez de les saluer.

Basquin reparut.

— Faites comme moi, dit-il à Romain.

Et il prit à la main une des chemises que Caldas avait
confectionnées le matin.

— Pourquoi diable nous embarrassons-nous ainsi de
cette feuille de papier ? demanda dans l'escalier le nouveau à son collègue.

— Mon cher, nous pouvons rencontrer quelqu'un
dans les couloirs. Notre chapeau éveillerait des soupçons. Ce passeport administratif fera croire à une commission à l'extérieur.

Précisément parce que le temps était magnifique,
beaucoup d'employés avaient éprouvé la même velléité
de promenade ; ils en rencontrèrent un certain nombre
qui portaient gravement leur feuille de papier ; quelques-uns, les plus prudents, s'étaient précautionnés
d'un dossier pour de vrai.

Le bureau de poste n'était pas loin. Romain, lorsqu'il
eut son argent en poche, calcula que, sans faire une
trop longue absence, il pouvait inviter le calligraphe à
prendre quelque chose, la monnaie de son petit verre.
Il pensait offrir une absinthe et se faire servir une bavaroise au chocolat.

— Si nous entrions dans un café ? proposa-t-il ; nous
avons le temps, n'est-ce pas ?

— Si nous avons le temps ! répondit Basquin, la
feuille de présence ne se signe que demain matin à dix
heures ! Je comptais bien vous proposer une partie de

billard ; seulement permettez-moi de vous conduire à notre café habituel.

Et il le mena au

CAFÉ DE L'ÉQUILIBRE

Cet établissement n'est pas le plus luxueux des trois ou quatre de ce genre qui débitent de la chicorée aux environs du ministère.

Si les employés lui ont donné leur clientèle, c'est que le patron a eu l'esprit de mettre aux vitres de sa devanture des rideaux fort épais. Un chef de division peut passer dans la rue, il n'apercevra pas ses subordonnés faisant l'école buissonnière autour d'un billard ou devant un tapis vert.

On a quitté en masse pour cet établissement si discret le café d'en face.

Un loustic de l'administration avait répandu le bruit que le limonadier était un mouchard, en relations intimes avec le ministre, et qu'il faisait *coller* ceux dont les notes étaient en retard.

Cette excellente plaisanterie a causé le suicide d'un père de famille, trois faillites, et jeté onze enfants à l'hôpital.

Le Café de l'Équilibre fait des affaires d'or.

Lorsque Caldas y entra avec son collègue, les salles regorgeaient de monde. Il y avait bien là cent cinquante jeunes gens, tous employés du ministère.

L'animation était grande ; c'était l'heure de la demitasse. Il y avait des allées et des venues. A chaque instant la porte s'ouvrait et quelque nouveau consommateur se glissait dans la salle ; d'autres s'enfuyaient sans prendre même le temps d'essuyer leurs moustaches.

Beaucoup absorbaient leur moka ou avalaient une chope furtive debout, la tête nue. à la hâte : ceux-là n'avaient pas fait le tour du chapeau. On reconnaissait les employés escamotés à leur quiétude ; ces derniers jouaient au billard ou comptaient les *cents* d'une partie de bézigue en trois mille.

L'entrée de Basquin fut saluée d'un hurrah. Comme il est toujours au café, il est connu de toute l'administration ; même il y avait fait de très-bonnes connaissances qui lui donneront plus tard un coup d'épaule. Des gens en passe de monter très-haut ont pris de lui des leçons de carambolage ; ce garçon arrivera par le billard.

Ce noble jeu est d'ailleurs, par excellence, un jeu administratif ; il a donné à la France un secrétaire d'État sous Louis XIV, M. de Chamillard, qui n'avait pas son pareil pour *couler sur une bille* et pour *faire le bloc*.

Le premier mot de Basquin fut pour le garçon.

— Retenez-nous un billard, cria-t-il.

Bientôt la partie commença entre les collègues du Sommier. Caldas, qui avait mangé six flûtes au beurre avec sa bavaroise, était d'humeur généreuse et clémente. Dès les premiers coups il vit bien qu'il pouvait rendre quinze points de trente à son adversaire : il ne voulut pas égaliser la partie, il préféra lâcher son jeu pour faire à Basquin la politesse de le laisser gagner.

Ils choquèrent longtemps l'ivoire en buvant des grogs et des chopes. Romain ne s'ennuyait pas, le caractère de Basquin lui allait assez. Il avait oublié tout à fait l'Équilibre, lorsque Gérondeau apparut sur le seuil du café, le chapeau de Caldas à la main.

Il ne l'avait pas mis sur sa tête, parce qu'il était trop étroit. Comme la pluie, depuis tantôt trois heures, avait succédé au beau temps, l'expéditionnaire avait reçu quelques gouttes d'eau, et il arrivait fort mécontent.

— En voilà une fugue ! cria-t-il ; il fallait au moins nous prévenir, nous serions venus avec vous : ça n'est pas gentil.

Et s'adressant plus particulièrement à Romain, avec un rictus ironique :

— M. Nourrisson craignait que vous n'eussiez oublié votre si aimable invitation, et j'ai été obligé de l'amener de force.

— Comment, dit Caldas, il est déjà quatre heures ! Est-ce que nous ne remontons pas au bureau ?

— Eh bien, merci, fit Basquin, vous trouvez peut-être que nous n'avons pas assez donné à l'administration pour ce qu'elle nous paye.

— La journée est finie, dit Nourrisson, bien finie !

— Et on ne s'est pas aperçu de notre absence ? demanda Romain.

— Non, le chef est venu, on lui a fait voir vos chapeaux.

— Mais j'y pense, dit Caldas à Basquin, vous n'avez pas rendu celui de votre ami.

— Mon ami est au-dessus de ça, riposta celui-ci ; nous n'avons qu'une tête à nous deux.

Gérondeau s'informa de ce qu'avaient fait les deux fugitifs pendant la journée.

Basquin répondit qu'il avait joué au billard et qu'il avait gagné sept parties.

— Dame, vous êtes très-fort, mon petit, dit Géron-deau à Basquin qu'il gagne toujours, vous devriez m'en rendre, je suis dupe ; mais si M. Caldas veut me faire le plaisir de jouer l'absinthe...

L'honnêteté de Basquin se révolta de cette proposi-tion.

— Vous n'avez pas de honte ! cria-t-il à Gérondeau.

Et se retournant vers Romain :

— Il est bien plus fort que moi, continua-t-il, n'ac-ceptez pas.

— Qu'importe ! fit Caldas.

Il joua mollement d'abord, en homme qui ne se soucie pas de gagner ; au milieu de la partie, Géron-deau, enhardi par une avance de dix points, lui dit tout à coup :

— Au lieu d'absinthe, êtes-vous homme à tenir quatre bouteilles de vin de champagne pour le dîner ?

— Quelle canaille ! s'écria Basquin.

Caldas hésita un moment ; il trouvait l'offre assez scandaleuse. Il accepta pourtant, mais il soigna son

jeu et gagna à un point de différence, en n'en comptant
pas trois que son adversaire lui vola.

Gérondeau était furieux d'avoir perdu. Il reconnaissait bien là, disait-il, sa déveine ordinaire. Comme il
est plein d'amour-propre, il ne voulait pas s'avouer la
supériorité de Caldas, et, convaincu qu'il devait gagner :

— Me donnez-vous ma revanche ? demanda-t-il.

— Certainement, dit Romain.

C'était à Gérondeau de commencer. Il fit onze points
de suite ; la partie était en vingt.

Au onzième carambolage qui ouvrait une série, il fit
une seconde motion :

— Tenez, dit-il, je suis bon prince, je joue, contre
votre dîner, les quatre bouteilles de vin de Champagne
que j'ai perdues et toute la consommation. Garçon, une
bouteille de madère et des londrès !...

— Oh ! oh ! pensa Caldas, c'est par trop violent. Nous
allons bien voir.

Et comme la joie avait fait manquer à Gérondeau son
carambolage sûr, Caldas prit la queue et ne la quitta
que la partie gagnée.

L'expéditionnaire aux douze mille livres de rente fut
anéanti sur le moment. Mais, après réflexion, il dit tout
bas à l'élégant Nourrisson :

— Je crois qu'il faut se défier de ce jeune homme. C'est un filou.

Au moment de partir, Caldas s'informa de ce monsieur maigre qu'il avait invité et qui déjeunait de chocolat ; on lui répondit qu'il ne dînait jamais en ville, et Gérondeau ajouta que sa figure lui aurait coupé l'appétit.

Déjà l'expéditionnaire riche était consolé. Il est ainsi fait : sensible à la perte comme à l'extraction d'une dent, il est aussitôt guéri ; il s'exécute de bonne grâce, et, bon convive, remarquable fourchette, le commerce d'un bon dîner lui donne presque de l'esprit.

Le dîner fut excellent. On se sépara à onze heures du soir, raisonnablement gris.

En rentrant chez lui avec ses cent vingt francs intacts, Caldas faisait des calculs.

— J'ai pourtant gagné trois francs trente-trois centimes aujourd'hui, murmurait-il, et j'ai fait six chemises, soit cinquante-cinq centimes et demi la chemise. C'est bien payé.

XVII

Au bout de huit jours Caldas, qui commençait à se gratter à l'endroit du collier, savait le fond du sac de ses quatre collègues.

Il ne les eût pas observés, que M. Lorgelin les lui eût déshabillés.

Caldas avait fait connaissance de cet employé un jour qu'il avait été chargé d'aller faire des recherches au bureau voisin, qui comprend le reste de l'alphabet depuis H jusqu'à Z.

— Nous n'aimions pas beaucoup M. Lorgelin à l'Équilibre, me disait Caldas; mais nous l'estimions tous. Je dirai plus : nous le respections, bien qu'il ne soit que commis à deux mille sept d'appointements.

Lorgelin est un travailleur infatigable; il y a en lui
l'étoffe d'un administrateur; le chef de division lui-
même, lorsqu'il se présente quelque question épineuse,
ne dédaigne pas de prendre son avis. A tout cela se
joignent un extérieur avantageux et des mœurs inatta-
quables.

Cependant on dit de lui au ministère : — Lorgelin
est *rasé* comme avancement.

Pourquoi? comment? Tout le monde l'ignore, il ne le
sait pas lui-même sans doute.

Évidemment il y a quelque chose dans le passé administratif de cet homme remarquable.

Quoi?

Une bévue, une imprudence, un malentendu, moins
peut-être.

C'est un mystère que nul n'a jamais pénétré, et voilà
vingt ans bientôt que cet homme aux talents inutiles
moisit dans les emplois subalternes. Que de nullités lui
ont passé sur le dos ! que d'incapables il a vus grandir
et prospérer ! devenus ses chefs, ils ne se sont plus
souvenus de lui.

Il aurait donné sa démission depuis longtemps, à la
première injustice, ou à la dixième, s'il n'avait été
très-pauvre. Il pouvait gagner beaucoup plus ailleurs,

il le croyait ; mais il n'a pas osé risquer sur la seule carte de son intelligence le pain de sa vieille mère.

Sa mère est morte. Il est resté, il restera jusqu'à a retraite.

On lui a entendu dire une fois un mot douloureux :

— On crève habituellement les yeux des chevaux qui font tourner les manéges ; on a oublié de me les crever, voilà tout.

Cet homme serait peut-être le plus complet de tous ceux que j'ai connus au ministère, ajoutait Romain, si parfois l'acrimonie ne lui remontait à la gorge. Il a des accès de misanthropie. Alors il devient aigre, rancunier, méchant ; il s'en prend à ceux qui l'entourent ; il passe sa colère, comme on dit.

Pitié ou envie, il est âpre aux jeunes gens ; à ces enthousiastes de la vie, il aime à arracher les illusions généreuses ; il y prend un triste plaisir, comme ces enfants cruels qui plument tout vifs les petits oiseaux.

Lorgelin dit à Caldas, un jour qu'ils se trouvaient seuls :

— Vous devez périr d'ennui et de dégoût dans votre bureau.

— Heu ! répondit Romain, en allongeant prodigieusement la lèvre inférieure.

— Je le conçois et je vous plains. Vous êtes avec de petites gens. Qu'est-ce que Gérondeau? un estomac. Et Rafflard? un estomac detruit. Nourrisson? un garçon coiffeur; et Basquin? un... calligraphe!

—Vous êtes impitoyable, répondit Caldas en riant malgré lui.

—Impitoyable! s'écria M. Lorgelin en grinçant des dents. Ah! vous ne connaissez pas ces... Mais non, la colère m'emporte. Voyons, mon cher ami, regardez-moi ce Gérondeau, il a cent mille écus de capital. Que fait-il ici? Rien, rien, rien!!! Il était agent d'affaires autrefois; la mort de son père l'a fait riche. Alors il est entré dans l'administration, comme les vieillards pauvres aux Petits-Ménages. Savez-vous pourquoi il reste, pourquoi il y restera jusqu'à ce qu'on le mette dehors? Parce qu'il a peur de se ruiner. Il compte comme le peuple, il ne dit pas : — J'ai douze mille livres de rente; il dit: J'ai trente-cinq francs à manger par jour. Eh bien! il mange ses trente-cinq francs de cinq heures du soir à minuit. Il aime le jeu, le vin, la bonne chère, les filles; tous les jours que Dieu fait, ce poussah chasse à l'ouvrière entre chien et loup. Il appelle les malheureuses créatures que la chaîne d'or de son gilet fascine « du gibier. » S'il les payait encore, mais il les escroque sans pudeur, il veut être aimé pour lui-même!... Enfin son bureau, c'est pour lui comme un conseil de famille, ça le tient. Il reçoit cent vingt francs par mois ; mais l'argent est la moindre affaire ; quoique avare, car il est avare, il en donnerait autant pour rester à son pupitre, et il y trouverait encore de l'économie... Moi je dis, reprit M. Lorgelin avec une explosion d'indignation, que l'on n'a pas le droit de donner à des gens riches de ces petits emplois. Place aux pauvres !

— J'avoue, répondit Caldas, qu'en entrant ici je ne m'attendais pas à coudoyer des millionnaires.

— Il n'y a pas de millionnaires précisément, continua Lorgelin, mais beaucoup de gens aisés : des timides qui redoutent les luttes de la vie, des paresseux que le travail effraie, des cerveaux faibles qui ne supporteraient pas l'ivresse de la liberté, éternels enfants qui ne sauraient marcher sans lisières du berceau à la tombe, enfin la tourbe des imbéciles incapables de faire autre chose que ce labeur automatique. Eh bien ! par le fait seul de leur fortune, ces gens arrivent. L'administration aime les employés aisés. — Si je donne des appointements insuffisants, dit-elle, c'est que j'entends bien qu'on ne vive pas seulement des appointements.

— Il est positif, dit Romain, qui songeait à ses cent francs par mois, qu'il est difficile de se tirer d'affaire avec ce que l'on gagne.

— Dites impossible, et pourtant plus de la moitié des employés réalisent ce miracle. Vous vous plaignez ! vous, jeune homme. Songez à ce que peut faire l'employé marié. Avez-vous pénétré dans un de ces tristes intérieurs? Le mari, au sortir de son bureau, prend à peine le temps de manger; c'est alors que commence sa nouvelle existence, son existence nocturne. Il tient des livres pour une maison de commerce, donne des leçons de n'importe quoi, même de français, reçoit les contremarques à la porte d'un théâtre, ou râcle de la contrebasse dans une guinguette de barrière. J'en sais un qui tient un bazar à treize et vingt-cinq. La femme, de son côté, exerce une petite industrie : elle est mercière ou entrepreneuse de confections pour un magasin. Quand ma mère vivait, moi, j'étais correcteur d'un journal du matin ; je doublais ainsi mes appointements, mais j'ai perdu mes yeux.

— Peut-être, interrompit Caldas, y aurait-il moyen de supprimer toutes ces misères.

— Et lequel ?

— Doubler les appointements et tripler le travail. Nous sommes huit dans mon bureau, je parie qu'à trois nous faisons la besogne. Qu'on en congédie cinq, et qu'on répartisse leurs traitements entre les autres.

M. Lorgelin se mit à rire :

— Mon cher enfant, dit-il, il n'est pas un jeune surnuméraire qui n'ait fait ce raisonnement après huit jours de présence. Je vous engage cependant à le garder

pour vous. Diminuer les traitements et accroître le
nombre des employés, c'est l'essence même de l'administration. Restreindre les places, malheureux ! Que
feriez-vous des nullités, des déclassés, et des cousins
des grands personnages ? C'est pour eux qu'on a créé
le ministère de l'Équilibre, dont le besoin, croyez-
moi, ne se faisait pas autrement sentir. Il y a, voyez-
vous, deux catégories d'employés : ceux que la pré-
voyance étroite de la famille y case au sortir du collége,
parce qu'il faut bien qu'un jeune homme fasse quelque
chose, et ceux dont la vocation ne se révèle que vers
la trentième année, les fruits secs de toutes les car-
rières, les naufragés de toutes les tempêtes. A votre
sens, de ces deux variétés du genre bureaucrate, quelle
est celle qui se produit avec le plus d'avantages ?

— Oh ! dit Romain, si j'étais entré à dix-huit ans, je
serais déjà sous-chef.

— Vous seriez probablement encore expéditionnaire,
mon cher. On n'est pas jeune impunément. A vingt ans
vous auriez évidemment donné plus d'un coup de canif
dans le contrat qui vous lie à l'administration, vous
auriez fait des écoles ; et lorsqu'à trente ans, riche
d'expérience, l'ambition vous aurait saisi, un dossier
accablant vous eût à tout jamais cloué au banc de votre
galère.

Caldas ne put s'empêcher de sourire de l'emphase
de son collègue à cheveux gris.

— Je vous comprends, fit M. Lorgelin, vous trouvez
que j'emploie de bien grands mots pour de bien petites
choses. Ne vous y trompez pas ; il s'agit de la vie. Rien
ne se perd ici. Les suites d'un bal masqué en 1822
ont empêché l'an dernier la nomination d'un homme de
soixante ans. Ouvrier de la dixième heure, vous avez
tous les avantages : vous ne traînez pas le boulet de
votre passé et vous ne gâcherez pas sans le savoir votre
avenir ; vous êtes vierge et fort.

Ces sombres réflexions n'attristèrent point Caldas.
Il n'y vit que le pessimisme d'un homme échoué.

— J'accepte, lui dit-il, votre horoscope ; espérons
que je ferai mon chemin.

— Que vous le fassiez ou non, répliqua Lorgelin,
vous êtes un homme perdu.

— Perdu ! fit Romain.

—Oui, si vous ne trouvez en vous la force de réagir
contre l'administration. Ah ! vous croyez que dans dix
ans vous serez encore ce que vous êtes, vous croyez
qu'on respire impunément cette atmosphère de bureau
qui stupéfie comme l'opium, qu'on peut exister à la façon des taupes, claquemuré au milieu des paperasses,
tant que le soleil est à l'horizon, lié à quelque besogne
écœurante, et dont souvent je vous défierais de m'expliquer l'utilité. Libres, les autres hommes pensent et

agissent ; s'ils font un effort, le succès les récompense ou l'espoir les console du revers ; pour nous, rien, ni lutte, ni espoir ; le même résultat attend le travailleur et le paresseux. On confond la nullité et le mérite ; où est le juge ? Quoi que vous fassiez, votre sort est écrit. La vie du bureaucrate est un programme tracé à l'avance. Nous le connaissons, et l'on appelle cela avoir son existence assurée ! C'est cependant cette assurance contre les risques de la vie qui détruit l'homme chez l'employé, qui lui ôte, pièce à pièce, l'individualité, l'énergie, parfois l'intelligence. L'homme libre vit, l'employé végète. Et c'est pour cela que je vous répète : Réagissez contre l'administration !

— Mais qu'appelez-vous réagir ? demanda Caldas.

— Agir en sens inverse de votre abrutissement.

— Que faire ?

— Peu m'importe ce que vous fassiez ; prenez du plaisir ou de la peine, marchez, parlez, lisez, faites de la gymnastique, dansez, mais ne vous écartez pas de ce principe : ne jamais voir en dehors du bureau les gens à la société desquels le bureau vous condamne. N'imitez pas ces malheureux qui, au sortir de leurs cabanons empestés, vont s'enfermer avec leurs compagnons de chaîne dans un café plus étouffant encore. Fréquentez plutôt des scélérats que des camarades.

— Cela étant, dit Romain, j'irai ce soir au bal masqué, avec des journalistes.

—Bien ! répondit Lorgelin, très-bien, jeune homme ! C'est le commencement de la sagesse.

XVIII

Cependant Caldas, qui avait de l'ambition, se lassa vite de la fabrication des chemises.

Il conjura M. Rafflard de vouloir bien lui confier quelque travail où il pût davantage faire briller son intelligence.

Après bien des hésitations, le commis principal lui dit un jour :

— Vous sentez-vous capable d'écrire l'intitulé de ces chemises?

— Mais, je le pense, répondit Caldas d'un ton suffisant.

— C'est ce que nous allons voir, dit M. Rafflard, avec

un sourire incrédule. Je vais vous donner un modèle et vous expliquer ce dont il s'agit.

Il s'agissait de reporter sur ces couvertures, de différentes couleurs suivant les séries, les noms, prénoms, âge, demeures et qualités de tous les sujets de l'Empire, contribuables ou non, car il y a cela d'admirable dans l'Équilibre, qu'il s'occupe de gens dont n'a jamais entendu parler le percepteur de l'impôt.

Tous ces noms sont collectionnés sur des registres qui constituent une bibliothèque de dix mille in-folios.

On confia à Romain le tome premier de la série des Dubois, qui va du trois mille septième au trois mille quatre cent trente et unième volume du Répertoire général.

A ce moment, une difficulté se présenta.

Caldas, qui était au ministère depuis dix-sept jours, n'avait encore ni plume, ni écritoire ; il n'en avait pas eu besoin.

— Tiens, dit Basquin, il n'a pas encore reçu sa fourniture de surnuméraire. Je vais lui faire un *bon*.

Et, sur une magnifique feuille de papier tellière, il écrivit, en énonçant chaque article :

21 DIVISION

Section 17ᵉ

—

9ᵉ BUREAU

Sommier

BON POUR :

Une rame de papier à projets, conforme
au modèle ci-joint :

Une idem de papier d'expédition ;

Une idem de papier à lettre (Ministre) ;

Deux idem de papier à lettre ordinaire...

— Grand Dieu ! interrompit Caldas, que ferai-je de tant de papier ! J'en aurai pour toute ma vie administrative.

— Par exemple, répondit Nourrisson, il m'en faut autant tous les mois.

— Et le feu à allumer, dit Gérondeau, et les lettres à écrire aux petites dames, farceur !

— Sans compter, ajouta Nourrisson, que rien ne pose comme d'employer pour sa correspondance les têtes de lettres du ministère.

Basquin continua :

.. ..*Six règles, dont deux plates et deux graduées.*

— Qu'est-ce qu'une règle graduée? demanda Caldas.

— Oh ! dit Nourrisson, c'est très-joli, c'est en ivoire, et ça coûte dix-huit francs.

— Mais à quoi ça sert-il? insista Romain.

— Ça sert aux architectes.

.....Trois canifs ; cinq grattoirs ; deux paires de ciseaux ; quatre couteaux à papier ; deux encriers siphoïdes ; une bouteille d'encre rouge ; une bouteille d'encre bleue ; deux petits flacons en cristal taillé.

— Deux flacons de cristal ! fit Romain, pourquoi faire ?

—Pour votre toilette, parbleu ! répondit Nourrisson ; j'y mets ma pommade et mes essences, c'est très-commode.

.....Trois sébiles à poudre ; un paquet de pulvérin bleu et un idem de sciure de bois d'acajou ; un essuie-plumes ; six boîtes de plumes de fer ; six paquets de plumes d'oie ; deux douzaines de porte-plumes assortis ; deux boîtes de pains à cacheter ; deux grimaces ; une pelote ; une livre d'épingles.....

— Êtes-vous marié? demanda Nourrisson ; on en mettrait deux.

.....Six paquets de ficelle couleurs variées ; deux poin-
çons ; trois presse-papiers, dont un à sujet (bronze) ..

— Tiens, dit Gérondeau, il faudra que j'en demande
un aussi pour la pendule de ma blonde.

... Une livre de cire à cacheter, rouge, bleue, laque,
verte et noire.

— On ne sait pas ce qui peut arriver !

... Deux cachets riches aux initiales R. C...

— Si vous étiez noble, dit Nourrisson, nous aurions
fait graver vos armes.

.....Une grosse de crayons noirs ; trois douzaines de
crayons rouges ; deux de bleus ; un paquet de colle à
bouche ; deux bouteilles de sandaraque ; six petites
cuillers à prendre la poudre ; une grosse d'enveloppes
assorties; une boîte à compas , six tire-lignes de
rechange ; un dictionnaire français...

— De qui le voulez-vous ? demanda Basquin, s'in-
terrompant...

— De Bescherelle, répondit Caldas.

— Vous avez grandement raison, c'est le plus cher.
Nous disons donc :

.... Un Bescherelle, un dictionnaire de droit ; un dictionnaire d'économie politique ; deux buvards de 1 mètre 25 sur 95 ; une chancelière...

— Pendant que vous y êtes, interrompit Caldas, je désirerais bien me mettre dans mes meubles...

— Ça viendra, répondit Nourrisson.

— Je crois, dit Basquin, en relisant son bon, que je n'ai rien oublié... Ah ! si, ma foi ! et il ajouta :

... Un porte-allumettes ; une serviette d'avocat, chagrin violet...

— Voulez-vous, continua-t-il, qu'on y mette votre nom en toutes lettres ?

— Oh ! inutile, dit Romain, mon chiffre suffira.

— Fort bien...

.... Avec le chiffre ci-dessus, estampé à froid.

— Et vous croyez, demanda Caldas, qu'on va me donner tout cela ?

— Vous y avez droit, affirma le commis principal.

— Quoi ! tout de suite ?

— D'ici deux heures, répondit Basquin, le temps

6

d'obtenir le visa du sous-chef, le visa du chef de bureau, le visa du chef de la section, le visa du chef de division, le visa du directeur, le visa du chef de matériel, le visa du chef de la comptabilité, le visa du contrôleur général, et enfin le visa du secrétariat...

— Mais, demanda Romain, à quoi bon tant de visas?

— Monsieur, répondit le commis principal, on ne saurait prendre trop de précautions pour empêcher le gaspillage.

XIX

Le reste de la journée se passa pour Caldas à ranger son magasin de papeterie dans ses tiroirs et ses cartons. Il admirait la beauté de tous les articles que fournit le ministère à ses employés.

— Il faut bien nous donner le superflu, puisqu'on nous prive du nécessaire, se disait-il en essayant ses compas et les magnifiques règles graduées qui coûtent dix-huit francs.

Quant au papier à lettre, c'est le plus beau qui se fabrique en France.

La serviette d'avocat surtout ravit Caldas.

— Il y a cinq ans, pensa-t-il, que je serais au ministère, si j'avais su qu'on donnât aux employés ce meuble magnifique.

Aussitôt il vida dans l'élégant portefeuille ses poches de littérateur bohême ; il y mit toutes ses notes ; ses poésies fugitives, madrigaux, bouquets à Chloris, sonnets, rondeaux, triolets, nouvelles à la main ; ses essais dramatiques consistant en trois titres de comédie, un prologue de drame, et un plan de vaudeville ; enfin les trente premiers feuillets d'un roman réaliste, les *Coliques de miserere*.

Mais il ne lui vint pas à l'idée d'y glisser quoi que ce fût de ses fournitures.

Et c'est ici le lieu de protester contre une atroce calomnie. D'aucuns prétendent que les employés de l'Équilibre ne craignent point d'exporter la plus grande partie de leurs fournitures soit pour leur usage privé, soit pour celui de leurs amis. Rien n'est plus faux. Jamais on n'a pratiqué de razzias de ce genre à l'Équilibre, et les employés aimeraient mieux se chauffer tout l'hiver avec le papier de l'administration que d'en emporter une seule feuille chez eux.

Le lendemain, arrivé avant tout le monde, Caldas se hâta de préparer son travail, et, sur le coup de deux heures, il fut heureux d'inscrire sur la première chemise le nom du premier des Dubois ; successivement il inscrivit :

Dubois, Aaron, 30 ans, marchand d'habits, Paris.

Dubois, Abdon, 75 ans, marchand de contre-marques, Paris.

Dubois, Abel, 3 ans, sans profession, Longjumeau.

Dubois, Abel-Gontran-Zacharie-Apollinaire, 59 ans, paveur, Lyon.

Il commençait à inscrire le cinquième Dubois, dont le prénom était Abile, quand un « ah! ah! » qui exprimait tout à la fois le désappointement et le mépris, lui fit tourner la tête.

M. Rafflard, les bras croisés, était derrière lui :

— Malheureux, quelle besogne faites-vous là ? lui dit ce commis principal.

Caldas était fort satisfait de son ouvrage ; il avait écrit, en gros de sa plus belle anglaise, d'une écriture qui eût ravi les imprimeurs du *Bilboquet*.

Elle ne ravit pas M. Rafflard :

— J'avais bien raison de me défier de vous, continua-t-il ; regardez-moi ces chemises, sont-elles présentables?

— Que leur manque-t-il, s'il vous plaît ? demanda Caldas vexé.

6.

— Ce qui leur manque ! riposta le commis principal, tout. Le nom de famille doit être en grosse bâtarde, le prénom en coulée moyenne, l'âge en lettres moulées, la profession en ronde, et le domicile en cursive.

Caldas posa sa plume avec un profond découragement.

— Je ne suis que bachelier ès lettres et ès sciences, dit-il, licencié en droit ; je ne sais pas encore toutes ces choses.

— Eh bien, il faut les apprendre, répondit sèchement M. Rafflard. Vous avez votre éducation à refaire. Dorénavant, vous vous contenterez de préparer les chemises.

Oh ! comme il fut humilié, le pauvre Caldas, si humilié que, prenant à part le jeune Basquin, il le conjura de vouloir bien lui donner quelques leçons de pleins et de déliés.

Mais Basquin ne donne pas de leçons.

— Je ne suis pas maître d'écriture, dit-il, je me suis donné le petit talent que j'ai pour attraper quelques travaux supplémentaires qui ne sont pas mal payés ; je ne saurais pas enseigner ; d'ailleurs toutes mes soirées sont consacrées à *la poule*. Mais je tiens votre homme ; je vais vous conduire au père Coquillet, le doyen des

expéditionnaires-calligraphes et la plume la plus ma-
gistrale de l'administration.

Caldas sortait, précédé de l'obligeant Basquin, lorsque, dans le corridor, il fut arrêté par M. Ganivet, son
chef de bureau :

— Monsieur Caldas, dit cet homme si poli, recevez
mes compliments sincères : nous savions déjà que nous
avions acquis en vous un homme de talent, nous savons
aujourd'hui que nous avons acquis en même temps un
travailleur.

XX

Le bureau de M. Coquillet est situé au troisième
étage de l'aile nord, à l'extrémité du corridor S. Ce
bureau, qui dépend d'un service hors cadres, la commission des rapports, est fort petit. Deux employés cependant y tiennent à l'aise en se serrant.

Le collègue de M. Coquillet est un vieux commis
d'ordre, fort connu à l'Équilibre, le bonhomme Cassegrain. Débris d'un autre âge, c'est lui qui usera au ministère la dernière manche de lustrine.

Ce vieillard croit avoir des idées ; il passe une partie
de ses nuits à les rédiger sous la forme de projets dont
il accable Son Excellence M. le Ministre.

La pièce où travaillent ces deux vieux employés est

la plus sombre du bâtiment ; aussi y a-t-on installé le
prince des calligraphes.

Le prince des calligraphes, M. Coquillet, est un
vieillard complétement idiot. Hors une belle écriture,
il ne voit pas de quoi peut se vanter un homme. S'il est
surpris d'une chose, c'est de ne pas être ministre, lui
qui à main levée dessine autour de lettres d'une admirable rectitude les plus merveilleuses arabesques. Il
s'en console cependant, et il est heureux, lorsque,
dans ses six heures réglementaires, il a couvert une
page de parchemin de caractères à faire briser ses
planches à un graveur de lettres.

La placidité de ce brave homme est inaltérable ; il est
naïf et doux ; la pureté de ses mœurs lui a laissé quelque chose d'enfantin dans l'imagination et presque sur
le visage.

Coquillet est un homme de taille moyenne, ni gras ni
maigre, il a la joue rose, son gros œil bleu-mat ne dit
absolument rien ; c'est bien la fenêtre de son esprit.
Son teint uni et clair vous dirait sa sobriété d'anacho-
rète. Ses cheveux jadis blonds ne sont pas encore tout
à fait gris.

Sa mise simple, mais propre, indique un homme soigneux ; c'est à la brosse qu'il use ses redingotes. S'il
fait quelques frais de coquetterie, c'est pour ses mains
blanches et potelées dont il tire vanité.

Il marche difficilement, parce qu'il souffre des pieds. Au pied gauche surtout il a un cor qui lui cause d'intolérables douleurs quand le temps doit changer. C'est pour cela qu'à la place de ce cor il fait faire un gousset à sa chaussure.

Coquillet parachevait une lettre majuscule, lorsque Basquin entra suivi de Caldas.

Le vieux calligraphe aimait Basquin, un élève qui lui faisait honneur. Aussi il l'accueillit avec joie.

— Maëstro, lui dit Basquin, voici un disciple que je vous amène. Dame, il n'est pas fort, il ne sait pas distinguer la ronde de la cursive.

Coquillet leva les yeux au ciel.

— Comment peut-on, disait ce regard, admettre de pareilles gens au ministère de l'Équilibre ?

— J'avoue mon ignorance, fit Romain en s'inclinant, mais on m'a fait espérer, monsieur, que vous voudriez bien me donner des leçons.

— C'est avec plaisir, répondit le calligraphe, d'un ton de fausse modestie, que je mettrai à votre disposition tout mon petit savoir.

Alors, sans doute pour éblouir son nouvel élève,

M. Coquillet sortit de son tiroir quelques spécimens de son talent. Véritablement c'était magnifique.

— Hein! comme c'est pur! dit Basquin en faisant admirer la délicatesse de certains déliés.

— Oui, c'est passable, répondit le bonhomme ; peut-être arriverez-vous à ce résultat d'ici à quelques années, si vous avez des dispositions naturelles.

— Il n'en a aucune, reprit Basquin.

— Ah! dit M. Coquillet, c'est fâcheux, très-fâcheux; je ne pourrai tout au plus vous donner qu'une bonne écriture de bureau, mais une bonne écriture vous est absolument nécessaire.

Et sur ce, le vieux calligraphe entreprit de démontrer les profits d'une belle main :

Les incapables seuls prétendent qu'une belle cursive est un signe de bêtise. La mauvaise écriture de Napoléon Ier a fait beaucoup de tort à la France. Des gens bien doués se sont gâté volontairement la main pour imiter l'abominable griffonnage de ce grand homme. C'est sous ce rapport surtout que les études en France sont d'une choquante infériorité. A quoi pense donc le ministre de l'instruction publique? On peut être reçu bachelier avec une copie presque illisible. On déforme la main des enfants à leur faire imiter des caractères étrangers, comme si on ne pouvait pas écrire le grec en belle coulée. En cela nous sommes encore victimes des Anglais, qui ont débarqué sur nos côtes leurs abominables plumes métalliques : la plume de fer a tué la calligraphie.

— Elle l'a tuée, continua en s'animant M. Coquillet, mais la plume d'oie n'en restera pas moins l'outil de l'homme de talent.

— Cependant, reprit Basquin, j'ai vu faire de jolies choses avec des plumes de fer.

— Quoi! vous aussi, vous, la gloire de mon école! Où allons-nous, mon Dieu! où allons-nous?

Coquillet se leva sur ces paroles, et s'adressant à Caldas :

— Il faut avant tout que je voie ce dont vous êtes capable ; asseyez-vous sur ma chaise, et écrivez-moi quelque chose.

Caldas prit place devant le pupitre de Coquillet, qui se retira pour causer avec Basquin dans l'embrasure de la croisée.

Le sous-main du prince des calligraphes attira l'œil de Romain. Ce sous-main disait l'homme lui-même ;

c'était le confident indiscret, sinon de ses pensées
(Coquillet ne pense pas), du moins des sensations qui
avaient traversé à un moment donné le vide de son
cerveau. Ce sous-main disait les agitations de son âme,
ses rêveries, ses passions.

En haut, dans un angle, on apercevait une maison et
un arbre exécutés au trait : ce jour-là Coquillet rêvait
villégiature. A côté, perdu dans des paraphes, on y
distinguait un cheval et un chien : on avait parlé chasse
devant Coquillet.

Il y avait des volées d'oiseaux de paradis, et de ces
têtes bouffies, spécialité des maîtres d'écriture; des
bouts de phrases commencées indiquaient que Coquillet
avait essayé une plume nouvelle ; ces mots : *Monsieur le
Ministre* et *Son Excellence,* se trouvaient répétés une
vingtaine de fois.

Au centre de ce monument curieux dans son genre,
et comme la déclaration des principes de cet apôtre de
l'écriture, Caldas lut ces deux versets de l'évangile du
calligraphe :

Il n'est pas donné à tout le monde
De savoir écrire;
Ce don vient de Dieu.

Romain fut ébloui, et il osa commettre une action peu louable.

On ne le regardait pas, il saisit un canif, découpa ces deux phrases dans le papier du sous-main, et les fourra dans sa poche.

Je publie ce fac-simile, fort inférieur à l'original ; je n'ai pas hésité à profiter de l'abus de confiance de mon ami pour prouver au lecteur mon grand amour de la vérité.

— Eh bien, avez-vous fini ? demanda Basquin à Caldas.

— Encore un instant, répondit celui-ci ; et d'inspiration il écrivit ce quatrain, dans le goût des épitaphes anticipées dont il enrichit les colonnes du *Bilboquet* :

Du pelerin demain je prendrai les coquilles,
Si Dieu veut m'accorder la main de Coquillet
Pinxit rageait devant ces pages sans coquilles,
Pingebat se racoquillait

— Voilà ! s'écria Romain fort satisfait, en présentant son œuvre à son futur professeur ; et il attendit l'effet.

Mais l'effet ne répondit pas à son espérance. Coquillet n'y vit que quatre lignes de grandeurs inégales et abominablement mal écrites.

Basquin découvrit que c'étaient des vers : même il pénétra la pointe finale et essaya vainement d'en donner la clef au prince des calligraphes.

Une seule chose l'intriguait : quels étaient ces messieurs *Pinxit* et *Pingebat* qu'on accusait de jalouser le talent de son maître ?

— Je connais pourtant ces noms-là, murmurait-il, j'ai vu ça quelque part !... Ah ! j'y suis... ce sont des artistes qui font des tableaux.

— Des tableaux ! répondit Coquillet saisissant le mot au vol ; j'en ai fait aussi, et des chefs-d'œuvre, j'ose le dire.

— Bah ! fit Caldas étonné.

— Je les ai vus, affirma Basquin, qui s'amusait du quiproquo ; il a fait les frais de cadres magnifiques ; c'est le plus bel ornement de son logis.

— Et ces tableaux sont de M. Coquillet ?

— Certainement, ils sont de moi, reprit Coquillet blessé au vif ; j'y ai réuni un spécimen de toutes les écritures connues, et je défie personne d'en faire autant.

— Je vous crois, répondit Caldas ; vous êtes, monsieur Coquillet, le Raphaël de la calligraphie.

XXI

Cassegrain, l'homme qui envoie des projets à Son Excellence, n'avait pas ouvert la bouche pendant la visite de Caldas au calligraphe.

Tous les penseurs sont silencieux.

Romain sorti, il prit des informations sur ce jeune homme. Elles furent brillantes ; on lui apprit qu'il était protégé par un personnage influent, qu'il était de première force au billard, qu'il recevait des mandats rouges de sa famille, enfin qu'il était un des hommes d'État du *Bilboquet*.

— Un journaliste, pensa-t-il, c'est mon affaire ! Je

lui ferai part de mes plans, et, puisque le ministre n'en tient pas compte, j'en appellerai au tribunal de l'opinion publique.

En conséquence, lorsque Caldas vint demander à Coquillet une première leçon d'écriture, Cassegrain l'accapara.

— J'aurais à vous parler, lui dit-il; j'ai là (il montrait d'épais cahiers de papier) de quoi changer la face de la France; c'est l'œuvre de ma vie, le résultat de trente années de méditations. Je vous dirai tout, vous imprimerez ces mémoires, si vous voulez; et même si vous l'exigez, je vous en abandonnerai toute la gloire et tout le profit. Je ne veux, moi, que le bonheur de ma patrie.

— De quoi s'agit-il ? demanda Caldas intrigué par ce début.

— Je vais vous livrer mon secret. Nous sommes seuls, car Coquillet ne compte pas. Nous avons du temps devant nous, je puis parler. Mais avant, dites-moi, aimez-vous l'administration ?

— Certainement, répondit diplomatiquement Romain, puisque j'y suis entré.

— Ce n'est pas une raison, mais peu importe. Vous avez pris le parti le plus sage. Il n'y a qu'une carrière

dans notre pays, l'administration. On dit que le Français est léger, rieur, badin ; c'est faux. Le Français est
employé. L'administration mène à tout. Elle vous fera
faire un beau mariage ou vous donnera la rédaction en
chef d'un grand journal. Soyez fier d'être employé,
vous êtes un des deux cent mille souverains de la
France. Il peut y avoir une royauté, une république ou
un empire ; en réalité c'est le bureau qui règne.

— Il a lu M. de Cormenin, pensa Caldas.

— Maintenant, continua Cassegrain, reste à savoir
pourquoi les administrations qui gouvernent semblent
inférieures à l'armée qui nous obéit en définitive. Vous
ne vous en doutez pas, vous êtes trop jeune. Eh bien,
je vais vous le dire. Tout gît dans l'uniforme. Il nous
faut un uniforme.

— Oh ! fit Caldas, qui se voyait par la pensée revêtu
de l'habit vert des académiciens ou du pantalon gris-
souris des eaux et forêts.

— Je dis qu'il nous faut l'uniforme, et je le prouve,
reprit Cassegrain, sans tenir compte de l'interruption.
Qu'est-ce qu'un employé ? Un soldat, mais un soldat
incomplet, puisque rien ne le distingue du bourgeois.
Complétez-le. Donnez-lui un képi, un bonnet à poil, un
casque, quelque chose enfin, et vous doublez sa valeur
et son importance. Tenez, moi qui vous parle, j'ai pro-

posé pour le ministère de l'Équilibre un costume qui
nous mettrait au premier rang : pantalon de casimir
vert-clair, tunique bleu-de-roi avec revers jaunes,
passepoils amarante et broderies d'argent figurant des
plumes entre-croisées ; l'épée d'acier et le claque à
plumes blanches : qu'en dites-vous ?

— Je dis que ce serait fort pittoresque.

— Vous avez trouvé le mot, dit l'innovateur enchanté;
mais ce n'est pas tout. J'ai là le plan d'un projet gran-
diose qui assimile chaque ministère à un corps d'armée.
Qu'est-ce que le ministre? un maréchal de France
commandant plusieurs divisions. Laissez-lui donc son
titre alors. Partant de ce principe, l'expéditionnaire est
un simple soldat, soldat administratif, le commis un
caporal, le commis principal un sergent, le sous-chef
un lieutenant (sous-chef, lieutenant, ces deux mots
veulent dire la même chose); un chef de bureau est un
capitaine, toujours administratif (capitaine, chef, même
étymologie, *caput*, tête).

— Vous m'intéressez prodigieusement, dit Caldas.

— Je vois dans vos yeux que vous allez imprimer
tout cela, continua Cassegrain ; mais attendez la fin.
J'ai là de quoi enchaîner à tout jamais l'hydre des ré-
volutions. J'ai résolu d'un seul coup le problème jusqu'alors insoluble de l'ordre social. Et c'est simple !

simple comme l'œuf cassé de Colomb. Faites porter à chaque Français l'uniforme de sa profession, enrôlez les citoyens, donnez une bannière à chaque corps d'état ; vous aurez ainsi le régiment des Boulangers et celui des Couvreurs, le régiment des Cordonniers, des Médecins, des Marchands de nouveautés, des Apothicaires et des Journalistes.

— Oh ! oh ! fit Romain.

— J'ai rêvé plus encore. A chaque Français je donne un numéro matricule qui devient son nom de famille et simplifie la tenue des registres de l'état civil : on ne sera plus M. Caldas ou M. Cassegrain ; appellations qui, soit dit en passant, n'éveillent que des idées triviales ; on sera monsieur trois mille sept cent quarante, ou monsieur cent mille cent soixante-treize. C'est là, Monsieur, une des inévitables conséquences de notre immortelle révolution de 89 ; c'est l'égalité devant le chiffre.

— Allons donc ! dit Caldas, celui qui n'a que vingt sous ne sera jamais l'égal de celui qui a cinq francs.

— J'ai prévu l'objection, car je mets à la tête de cette France nouvelle une administration universelle qui perçoit les revenus de la terre, de l'industrie et du travail, et qui donne à chacun tant par mois.

— Décidément, pensa Caldas, il n'a pas lu M. de Cormenin.

Et, sous un prétexte quelconque, il s'enfuit au plus vite en murmurant :

— Est-ce que je ne suis pas dans une maison de fous ?

XXII

On demandait un jour au duc d'Otrante .

— Que faut-il, Monseigneur, pour faire de la bonne administration.

— De l'exactitude, répondit le ministre de la police, encore de l'exactitude, toujours de l'exactitude !

L'exactitude, voilà ce que demandait aussi le ministère de l'Équilibre. Malheureusement tous les employés étaient inexacts ; ils sortaient bien le soir à quatre heures précises ou même avant; mais le matin on ne les voyait jamais venir. Ils arrivaient, qui à dix heures et demie, qui à onze heures, qui à midi.

Quelques-uns n'arrivaient pas du tout.

En présence d'un tel abus, l'administration prit une mesure radicale. Elle inventa la

FEUILLE DE PRÉSENCE.

Cette feuille, qui a fait le désespoir de Caldas et de beaucoup d'autres, sert à constater l'arrivée des employés. C'est une simple feuille volante, enregistrée et timbrée au secrétariat, sur laquelle un chacun, depuis le sous-chef jusqu'au dernier surnuméraire, doit apposer sa signature. On l'apporte à dix heures moins le quart dans les bureaux ; à dix heures sonnant elle est enlevée.

Sont présumés manquants, et manquants par leur faute, ceux qui n'ont pas signé. On relève soigneusement leurs noms sur un état spécial qu'on transmet à la fin du mois à la caisse du service intérieur.

Chaque absence emporte une amende de dix francs pour la première fois, de quinze francs pour la récidive, et de vingt francs pour toutes les autres.

Cette mesure prise, l'administration dormit tranquille.

Mais, hélas ! il en est des abus comme de la mauvaise herbe, qu'on coupe et qui repousse plus vite.

Qu'advint-il ? Les employés de l'Équilibre arrivaient avec une exactitude exemplaire ; ils signaient
la feuille de présence... et ils allaient se promener le
reste de la journée.

C'est alors qu'un secrétaire général ingénieux imagina la

FEUILLE DE SURPRISE.

Celle-ci vient à l'improviste, à toute heure du jour,
mais surtout quand il fait beau ou qu'il y a une revue
au Champ-de-Mars. C'est l'épée de Damoclès suspendue
sur la tête de tout employé qui *file*. Le tour du chapeau
n'y peut rien.

Il est vrai que le cœur maternel de l'administration
semble répugner à ce guet-apens. On cite les années où
l'on a fait circuler une feuille de surprise, et encore
fut-ce sur la demande de chefs sournois et pusillanimes
qui ne pouvaient contenir par eux-mêmes leurs subordonnés.

L'homme éminent qui occupe aujourd'hui les fonctions de secrétaire général de l'Équilibre, lorsqu'il a
l'intention de faire passer une feuille de surprise, a toujours soin de l'annoncer la veille.

Aussi se plaint-on fort de sa sévérité.

Mais qui dira les émotions que donne aux employés la feuille du matin ?

On peut s'en faire une idée en assistant à l'arrivée du personnel.

Il faut aller s'installer un matin sous le péristyle du ministère de l'Équilibre, situé, comme chacun sait, dans le haut de la Chaussée-d'Antin. Il faut choisir au mois de janvier quelque jour de dégel, lorsqu'il pleut à torrents et qu'on enfonce jusqu'aux genoux dans le macadam.

Attention ! voici que commence le

STEEPLE-CHASE

A LA FEUILLE DE PRÉSENCE

Le prix est de dix francs, non à gagner, mais à ne pas perdre.

Il est neuf heures.

Voici d'abord le bataillon des garçons de bureau. Ils sont en bourgeois ; c'est dans l'intérieur seulement qu'ils revêtiront leur livrée marron-clair. Ils arrivent lentement, par petits groupes ; leur extérieur trahit l'aisance ; si leurs paletots ne sont pas élégants, ils sont cossus, ce qui vaut mieux. Beaucoup portent la cravate blanche, ce qui leur donne l'air de notaires ; ils ont tous des parapluies. Si quelques lambeaux de leur conversation parviennent jusqu'à vous, vous y distinguerez ces mots : primes, reports, fin-courant.

Il est neuf heures et demie.

Un employé débouche de la chaussée. C'est le bon employé qui n'a pas de montre. Il arrive une demi-heure trop tôt, dans la crainte d'arriver une minute trop tard. Vous croyez peut-être qu'il va entrer et faire cadeau de son temps à l'administration ? Non, il aime mieux user ses souliers à battre le pavé.

Dix heures moins un quart.

Les employés sérieux commencent à paraître à l'horizon. Ils vont plus ou moins vite, suivant l'âge et en rapport inverse du grade. Un chef de bureau ne fait pas sa heue à l'heure. Parapluies sur toute la ligne.

Dix heures moins cinq.

L'exactitude ne consiste pas à arriver avant l'heure, mais juste à l'heure.

Voici l'employé exact. Ne pas confondre avec le précédent, qui est l'employé zélé. Ces derniers venus sont sûrs de leur montre. La veille au soir, ils ont constaté qu'elle marchait toujours d'accord avec l'horloge du ministère. Encore plus de parapluies.

Dix heures moins deux minutes.

Le steeple-chase prend des allures de plus en plus vives et précipitées. Les parapluies deviennent rares. Au loin, dans toutes les directions, apparaissent les retardataires. Ils vont au pas de course, l'œil fixé sur l'horloge fatale, les coudes au corps, ils ménagent leur respiration. Ils arriveront.

En voici quatre là-bas qui arriveront peut-être. Ils sont lancés à fond de train, rien ne les arrête, ni le ruisseau grossi, ni la flaque de boue.

Ah! celui-ci n'arrivera pas : il a heurté un commissionnaire ; il y a eu de la casse ; il perd trois secondes, il est perdu!

Perdu celui là-bas que j'aperçois sur l'omnibus. Il n'y avait pas de place à l'intérieur, il s'est élancé sur l'étagère. Dix francs ou une pleurésie : il n'y avait pas à hésiter.

Il a fait coup double, perdu les dix francs et gagné la pleurésie.

Rapide comme une flèche, crotté jusqu'à l'échine, d'un bond cet autre franchit les dix marches du péristyle, il est sauvé. Merci, mon Dieu !!!

Dix heures sonnent.

Tous ces dératés qui fendaient l'air aux quatre points cardinaux s'arrêtent.

Tel le jockey distancé cesse de lutter.

Ils font volte-face et, d'un pas tranquille comme leur conscience, s'acheminent à petites journées vers les cafés du voisinage.

Longtemps après l'heure encore on en voit poindre dans la brume, qui s'arrêtent aussi, dès qu'ils aperçoivent le cadran officiel.

L'un, esclave de sa folie, a perdu cinq minutes à suivre — sans espoir — un bas blanc bien tiré.

L'autre a eu une explication le matin avec son épouse.

Ce dernier enfin, les pantalons retroussés jusqu'aux genoux, victime de ses bottines vernies, a triplé son trajet à chercher les pavés luisants où il devait poser le pied.

Tous ces vaincus vont rejoindre leurs confrères aux estaminets d'alentour.

Caldas n'avait pas de montre, et la pendule de sa chambre garnie s'arrêtait quelquefois.

Une nuit que le thermomètre avait marqué dix-sept

degrés au-dessous de zéro, elle s'arrêta sur six heures du matin.

Lorsque Romain s'éveilla, il faisait grand jour ; mais comme l'aiguille restait sur six heures, sa fainéantise en profita pour faire un nouveau somme.

Ce jour-là, il arriva à midi et demi au ministère.

— Nous vous avions cru malade, lui dit Basquin.

— Je me porte comme le Pont-Neuf, répondit-il, et il raconta son accident.

— Vous savez que vous avez encouru dix francs d'amende, dit M. Rafflard.

— Comment cela ?

— Vous n'avez pas signé la feuille, reprit Basquin ; mais, rassurez-vous, notre chef, qui est homme du monde, vous aura certainement mis une excuse.

Caldas ouvrit de grands yeux ; et Basquin lui analysa les petits moyens mis en usage pour se soustraire à la tyrannie de la feuille de présence, la contre-partie des précautions administratives.

— Car, dit Basquin, elle est rusée, l'administration, mais les employés sont bien plus rusés encore. Il y a donc deux moyens d'éviter l'amende : il y a le faux en écriture publique, et la complaisance de votre supérieur. Si vous nous aviez prévenus hier soir, j'aurais signé pour vous ce matin.

— Oh! dit Caldas, c'est grave!

— Cela se fait dans beaucoup de bureaux, mon cher! Et je sais un chef bien embarrassé aujourd'hui. Il a fait ce métier quinze ans lorsqu'il était commis, que peut-il dire maintenant?

— Je comprends, fit Romain; de là vient ce que vous appelez la complaisance supérieure.

— Pas le moins du monde, reprit M. Rafflard; mais il y a des chefs qui ne craignent pas de pousser la longanimité jusqu'à déclarer l'absent autorisé ou malade. C'est d'un bien mauvais exemple, car enfin...

— As-tu fini? s'écria Basquin, on voit bien que ta gastrite t'empêche de dormir et que tu arrives toujours à l'heure.

— M. Ganivet, dit Nourrisson, met toujours une excuse.

— Moi, dit Basquin, je ne m'y fie pas, et quand j'arrive en retard, je vais droit au café; là j'écris que je suis malade. Caldas en aurait dû faire autant.

— Pourquoi cela? demanda Romain.

— Parce que de deux choses l'une : ou vous êtes excusé, ou vous ne l'êtes pas. Si oui, que faites-vous ici ? Si non, qu'y faites-vous encore ? prenez-en pour votre argent. La maladie a réponse à tout. Le commissionnaire coûte 50 centimes, bénéfice net : 9 francs 50 centimes.

— Allons, dit Caldas, votre feuille, c'est encore la précaution inutile, et l'administration joue toujours le rôle de Bartholo.

XXIII

Le bruit s'était bien vite répandu dans le ministère qu'un rédacteur du *Bilboquet* s'était faufilé au bureau du Sommier.

Ce bureau, où l'amabilité de M. Rafflard attirait peu de monde, fut dès lors assiégé. On y vit accourir tout ce que l'Équilibre compte d'embryons dramatiques et de chrysalides de journalistes.

Caldas dut renoncer à sa besogne pour donner des audiences. On lui lut des vaudevilles, on lui lut des romans, on lui lut des poëmes.

Tous ces affamés de publicité lui auraient formé, s'il

l'avait voulu, comme une petite cour. Il faisaït un geste, on admirait ; il ouvrait la bouche, on riait d'avance ; il ne s'était jamais cru si drôle.

On recherchait avec empressement les bonnes grâces de cet homme heureux qui avait un journal où dire du mal de ses camarades.

Caldas, qui était modeste et qui n'avait aucune vocation pour l'état de confident littéraire, fut bien vite assommé des élucubrations de ces messieurs. Son air froid en rebuta quelques-uns ; il renvoya les autres, grâce à quelques mots méchants ; mais il en est deux dont il lui fut impossible de se débarrasser.

Ces deux obstinés étaient le poëte Jouvard et l'aimable Sansonnet, nouvelliste à la main par vocation.

Quoi que pût faire Romain, Sansonnet ne le lâchait pas plus que son ombre. Deux fois par jour régulièrement il venait le voir à son bureau, et l'obsédait en lui offrant sans cesse des chopes, des absinthes, des demi-tasses toujours refusées.

Outre que l'insidieux Sansonnet désirait pouvoir faire parade de l'amitié d'un *gendelettre,* il nourrissait le projet d'arriver par Romain à connaître quelques célébrités, acteurs, actrices, vaudevillistes ; enfin et surtout, il espérait parvenir jusqu'au *Bilboquet* et orner de sa prose les colonnes de ce journal où il s'était juré d'écrire, ou de mourir.

Non moins intéressée et toujours pour le même motif était l'amitié de Jouvard.

Ce poëte, qui ne manque pas d'esprit, a eu le tort de chercher autour de lui les sujets de ses couplets ou de ses satires. Si encore il s'était souvenu de ce mot profond d'un chef de l'Équilibre :

— « Écrasons les faibles ! »

Mais non, ce nigaud s'est attaqué à plus fort que lui ; il a chansonné son sous-chef, fait un quatrain, ô imprudence ! sur son chef de division, et enfin ridiculisé trois ou quatre gros bonnets par des coq-à-l'âne en vers libres.

Si bien qu'il peut vivre cent ans, il sera cent ans expéditionnaire.

Sa réputation est faite. Se dit-il un mot méchant, se fait-il un mauvais calembour, tout de suite on l'en accuse. Qu'un sot sur le mur blanc d'un corridor écrive quelques injures, immédiatement on dit :

— C'est Jouvard.

Lui n'en est pas moins gai. Il rime toujours.

Caldas avait eu l'imprudente faiblesse de rire à une des chansons de ce Juvénal bureaucratique.

Ah ! comme il en fut puni !

Un beau matin, Jouvard, qui guettait l'occasion, pénétra dans le bureau du Sommier à un moment où Caldas s'y trouvait seul.

— Je me fie à votre discrétion, lui dit-il, et je viens vous lire une poésie en canif.

— Qu'est-ce que la poésie en canif? demanda Romain vaguement inquiet.

— Tout simplement des vers monorimes en *if*. C'est une réminiscence d'un genre qu'on cultivait sous la Restauration. M. Thiers, dit-on, est l'inventeur de la poésie en canif.

— Bah ! dit Caldas.

— Écoutez, mon cher.

Et, avec une volubilité dont une crecelle donnerait une imparfaite idée, Jouvard récita ces vers :

POÉSIE EN CANIF

Le voyez-vous, ce plumitif,
Qui s'avance d'un pas massif?

Voyez son œil louche et furtif,
Et son doux air de lénitif.

Plus pâle il est qu'un vomitif
Et plus froid qu'un récitatif.
Son aspect réfrigératif
Fait l'effet d'un soporatif

Devant ses chefs il est craintif
Cent fois plus qu'un filou fautif
Qu'on conduit devant le shérif
Après un vol bien positif.

Cet homme, peu récréatif,
D'un faubourg de Caen est natif.
Un vieux paysan processif
Est, dit-on, son père adoptif
Ce fait est très-explicatif
Et surtout significatif

Ce Normand, rien moins que naïf,
Se masque sous un air fictif;
Sa bêtise n'est qu'un faux pif.
Oui, son visage dormitif
Ment comme une face de juif
Son œil, rien moins qu'intuitif,
Cache un esprit alerte et vif.
Il affecte le ton plaintif,
Mais nous connaissons son motif,
Nous tous qui l'avons vu, pensif,
Presser son front méditatif.

Cet ambitieux spéculatif
Roule en son cerveau subversif
Plus d'un projet résolutif
Pour lui très-rémunératif
Attentif, décisif, actif,
Doué d'un sens pénétratif,
Il médite un plan offensif
Qui le fera grand, lui chétif

Et ce plan n'est pas évasif,
Excessif, exagératif.
Il est sûr et facultatif,
Et non le rêve convulsif
D'un sous-chef imaginatif.

Ce Normand n'est pas expansif
Ni certes communicatif,
Encore moins démonstratif.

Mais, sans être interrogatif,
Je suis bien certain qu'un oisif,
S'il était insinuatif,
Adroit, fin, interpretatif,
Partant de son dispositif,
Pour nous assez indicatif,
Saurait son plan définitif

Mais laissons ce plan présomptif.
Lui, va vers son but effectif,
Il va d'un pas sûr, peu hâtif,
Train continu, s'il est tardif,

Sans penser modificatif,
Nul obstacle législatif,
Aucun décret prohibitif
N'auront d'effet coercitif.

Rusé, mais au superlatif,
Sans heurter contre aucun récif,
Il saura guider son esquif
Vers quelque port tres-lucratif.
Maître alors, maître exécutif
Du grand corps administratif,
Il n'aura plus l'air abusif
Qu'il donne à son front maladif.

Alors, pacha cumulatif,
Incisif, accélératif,
Vindicatif, expéditif,
Il quittera son ton passif.
Nous qui l avons vu subjonctif,
Nous le verrons impératif.

En achevant cette tirade que Romain avait bien
essayé d'interrompre par des gestes de protestation,
le poëte Jouvard se laissa tomber sur une chaise, sans
force et sans haleine.

Caldas avait le mal de mer.

— Que le diable vous emporte! s'écria-t-il, avec
votre poésie en canif.

— Je tiens aussi la poésie en grattoir, reprit l'émule de M. Belmontet, et il recommença avec une volubilité nouvelle :

POÉSIE EN GRATTOIR

Venez, et je vous ferai voir
Un flagorneur de tout pouvoir :
Ce petit homme en habit noir,
C'est mon chef... et mon éteignoir.
Figure en lame de rasoir,
Il porte sa morgue en sautoir
Quand les dignités vont pleuvoir,
Il est toujours sous l arrosoir.
S'agit-il de se bien pourvoir,
Aucun ne se fait mieux valoir,
Il sait manœuvrer l'encensoir
Aussi l'avons-nous vu s'asseoir
Rapidement sur le juchoir,
Quand plus d'un, qui devrait avoir
Sa place, fait encor trottoir...

C'est tout ce que put supporter Romain.

Il sauta à la gorge de son adversaire.

— Tais-toi, lui dit-il, misérable, je vois où tu veux en venir. C'est la publicité du *Bilboquet* que tu désires.

— Oh ! si vous vouliez, vous, dit Jouvard, tremblant de crainte et d'espoir.

— Tes vers passeront dans le prochain numéro, mais à une condition : c'est que tu ne m'en liras plus jamais.

— Je le jure !

— Il y aura au moins pour six francs de copie, pensa Caldas, mais je les ai bien gagnés.

XXIV

Dans le bureau voisin, séparé de celui du Sommier par une simple cloison, Caldas, du matin au soir, entendait un bruit discordant de querelles.

Les récriminations et les gros mots éclataient tout d'un coup comme des bombes et réveillaient les échos somnolents de la galerie. La détonation des poings violemment frappés sur la table faisait tressaillir M. Raffard; puis c'étaient des bruits de porte ouverte avec violence, de fenêtre refermée avec fureur.

Caldas alla aux informations, et son enquête lui révéla encore une des petites misères de la vie administrative.

Ce bureau tapageur est celui de la Vérification.

8

Dans cette pièce sont rivés côte à côte deux hommes aussi différents de caractère, d'humeur et d'esprit que de tempérament; chien et chat, si vous voulez.

Naturellement ils en sont venus à se haïr de cette haine féroce des forçats compagnons de chaîne dont le caractère ne sympathise pas.

L'un tuera l'autre, soyez-en sûrs, si on ne les sépare, — et on ne les séparera point.

Le premier de ces employés est lymphatique ; le second est sanguin.

L'un est habituellement froid, maussade, compassé; l'autre est gai, vif, remuant; tous deux ont l'humeur inégale, mais en sens contraire. Quand l'un est bien disposé, l'autre est dans ses mauvais quarts d'heure, et réciproquement.

La température de la pièce est le motif habituel des querelles.

L'employé lymphatique arrive d'ordinaire le premier, tout emmitouflé, avec un triple étage de pardessus, un châle long pour cache-nez, un plaid sur la poitrine, des bottes fourrées et des gants de peau de lapin.

Il a froid.

Il ajoute une bûche ou deux au feu déjà allumé par le garçon et s'installe devant la cheminée. De temps à autre il se lève pour aller consulter un petit thermomètre placé derrière son bureau; il ne commence à être un peu à son aise que quand la température dépasse vingt-cinq degrés.

Entre l'employé sanguin, sans cache-nez.

Il a chaud.

— On étouffe ici, s'écrie-t-il dès la porte, et il marche droit vers la fenêtre qu'il ouvre à deux battants.

— Ah ça! vous êtes fou! dit le lymphatique, il y a sept degrés au-dessous de zéro.

— Allons donc! réplique le sanguin, il dégèle, voyez plutôt...

Et il montre son thermomètre; car il en a un, lui aussi, mais placé en dehors de la fenêtre.

— Il dégèle! ça vous plaît à dire; mais moi, je meurs de froid.

— Parbleu! vous n'êtes pas un homme, vous êtes un ver-à-soie!

— Et vous un ours blanc!

— C'est du lait d'amandes douces que vous avez dans les veines !

— Et vous, avec votre face rouge, on dirait toujours que vous avez bu !

— Monsieur Gillet !

— Eh bien, monsieur Lambrequin ?

La querelle s'envenime, et le lymphatique Gillet s'élance vers la fenêtre.

— Je vous déclare, s'écrie-t-il, que je veux la fermer.

— Et moi, je vous affirme qu'elle restera ouverte.

Le pauvre Gillet, qui n'est pas le plus fort, retourne tristement à la cheminée qu'il emplit de bois à incendier le ministère.

— C'est dégoûtant, ma parole d'honneur ! murmuret-il, c'est à donner sa démission.

Et il réendosse successivement tous ses pardessus, tandis que Lambrequin, qui se met en bras de chemise, lui dit d'un ton goguenard :

— Dites donc, si vous voulez ma redingote ?...

Gillet prend sa revanche à chaque fois que sort Lambrequin qui ne peut pas tenir en place.

Il ferme tout hermétiquement, et comme le bois est à discrétion, il a vite rétabli une température de serre-chaude.

L'instant d'après, au retour de Lambrequin, la serre-chaude redevient une glacière.

Qu'on s'étonne après cela du coryza chronique de l'employé Gillet !

A ces brusques variations de température un thermomètre ne résiste pas.

L'instrument de Gillet, qui oscille perpétuellement entre le climat de la Sibérie et celui du Sénégal, a besoin d'être renouvelé toutes les six semaines.

— Mais pourquoi ne change-t-on pas de pièce l'un de ces deux malheureux ? demanda Romain.

— On s'en garderait bien ! lui fut-il répondu ; la devise de l'administration est celle de Louis XI : Diviser pour régner.

Grâce à cette politique habile, on brûle dans ce bureau, bon an mal an, quinze voies de bois.

Il y fait un froid de loup.

XXV

Les armées en marche ont de tout temps été suivies par des bandes nomades de marchands. Ces petits industriels trouvent moyen de vivre et de prospérer de la paye du soldat, si minime qu'elle soit.

Sous le feu des canons russes de Sébastopol, ces bohêmes du négoce avaient bâti toute une ville de planches et de toile cirée ; ils étaient à Magenta et à Solférino ; ils ont suivi nos soldats jusqu'au Mexique.

Eh bien ! le ministère de l'Équilibre, comme tous les ministères, a aussi ses fournisseurs ambulants, et la race bénie de Jacob a le privilége exclusif de-cette industrie.

L'administration, certes, n'est point chiche d'articles de bureau ; elle en donne à bouche que veux-tu. Cependant il vient tous les jours au ministère des marchands de plumes et de crayons qui font des affaires d'or.

Il est vrai que ces marchands sont des marchandes.

Caldas fut très-surpris lorsque pour la première fois il vit une jeune et jolie petite juive entrer dans le bureau de Sommier, à l'heure où le public n'entre pas.

Elle était connue des employés, qui accueillirent avec une bonne humeur galante cette distraction en jupons.

Les grivoiseries de Gérondeau l'effarouchèrent peu, mais elle lui vendit beaucoup de menus bibelots, et le riche expéditionnaire paya une quinzaine de francs au moins le délicat plaisir de débiter de triviales gaudrioles à cette petite vertu.

Nourrisson, qui n'acheta qu'un pain de savon et un pot de pommade, s'avisa d'être aussi hardi que son gros compagnon, mais il fut remis vertement à sa place.

Basquin, qui tenait à dire son mot, en fut quitte pour

une douzaine de plumes à trois becs (l'administration n'en donne pas).

Caldas lui-même, en voyant les beaux cheveux de cette demoiselle, s'aperçut qu'il avait besoin d'une brosse à ongles.

Seul, M. Rafflard n'acheta rien, et lorsque l'israélite fut sortie, il ne craignit point de dire vertement son opinion sur cette espèce de négociantes auxquelles l'administration devrait bien fermer la porte.

— Car il me paraît évident, continua-t-il, que le commerce n'est pour elles qu'un prétexte, et que ce n'est point seulement pour leurs crayons qu'elles cherchent un acheteur.

— Il faut faire aller le commerce, dit Gérondeau.

— Au dehors, tant que vous voudrez, reprit le commis principal; mais dans les bureaux je dis, moi, qu'elles détournent les employés de leur travail, quand elles ne les débauchent pas. Et enfin, qui vous dit qu'elles ne viennent point ici pour surprendre les secrets de notre administration?

— Supposeriez-vous, demanda Romain, que ces juives sont payées par les journaux belges?

M. Rafflard fit un geste de mauvaise humeur, et Nourrisson expliqua à Romain que les dispositions peu

favorables du commis principal à l'égard de la postérité
féminine d'Abraham date de certain jour où il acheta de
l'une d'elles une douzaine de mouchoirs de fil qui étaient
en coton.

Mais il y a des marchands plus sérieux et bien autrement dangereux pour les employés ; ce sont les marchands à tempérament.

Pour le créancier, l'employé fut toujours le client de
prédilection ; avec lui les chances de pertes sont presque nulles.

Apporte-t-il quelque mauvaise volonté ou quelque
négligence à acquitter ses dettes, l'opposition aux appointements est là qui le remet vite dans le droit chemin.

Aussi du matin au soir des courtiers de toutes sortes
viennent-ils réciter leurs boniments dans les bureaux
de l'Équilibre.

C'est d'abord le courtier en horlogerie qui tient sous
son bras un cahier de modèles pour ceux qui désirent
des pendules. Il vend à raison de cent sous par mois,
au prix de cent écus, de belles et bonnes montres en
or de soixante francs.

Il y a le courtier en librairie, le plus mal vêtu de tous,
qui place les ouvrages en souscription ; il vend les livres

9

qui ne se vendent plus, la collection de l'*Observateur religieux*, les cent vingt volumes de l'*Encyclopédie des cuisiniers,* et fait les abonnements au *Moniteur des sages-femmes.* Il propose encore les ouvrages à prime, productions remarquables qui donnent droit à un dîner à deux francs au Palais-Royal, à un gilet de flanelle, et à une entrée à la salle Valentino.

Il y a enfin le courtier marchand de vins, qui se charge de vous livrer, au prix que vous coûterait un grand crû de Bourgogne, d'excellent petit mâcon récolté à Argenteuil.

Ces enjôleurs soufflent à l'oreille des employés besogneux la tentation du crédit. S'il est timide, ils le rassurent par la longueur des échéances.

Lorsque, avant de faire une dépense inutile, et ce sont les plus entraînantes, le pauvre garçon pèse et soupèse son budget, ils l'étourdissent sur l'avenir, ils font luire à ses yeux des ressources inattendues, des augmentations qui n'arriveront jamais, des gratifications sur lesquelles il ne faut, hélas ! guère compter.

Ces audacieux l'endoctrinent de théories étranges. Ils affirment que le crédit pose un homme, et qu'on est considéré en raison directe de ce que l'on doit.

« Allons, Monsieur, prenez cette montre, non pour

savoir l'heure, mais pour cette chaîne d'or qui fait si bien au gilet.

« Prenez ce vin que je vous vends plus cher que le marchand au détail. On a toujours de l'économie à acheter en gros.

« Prenez ces livres à prime ; rien que la prime en représente la valeur, et la prime ne vaut rien. Demandez, achetez, prenez ! »

Et l'employé se laisse séduire. Il achète sous prétexte qu'il payera à la longue, sans s'en apercevoir. C'est plus cher, mais c'est plus mauvais.

On en a vu, hélas ! qui achetaient pour revendre, et ici commencent les opérations irrégulières qui conduisent au déficit chronique et à l'abîme.

Le commis Chabannette est un exemple vivant de cette existence de désordre en partie double.

Un jour qu'il avait envie de faire une partie fine et qu'il était sans argent, le démon lui apparut sous les traits du courtier en horlogerie. Chabannette souscrivit pour trois cent cinquante francs de billets, payables de mois en mois, et se trouva ainsi propriétaire d'une superbe montre, dont le soir même l'administration du

Mont-de-Piété de Paris lui donnait en rechignant deux bons louis d'or.

Il n'y a que le premier pas qui coûte. Ravi d'avoir découvert ce moyen de battre monnaie, Chabannette eut très-souvent envie de faire des parties fines.

Il acheta, acheta, acheta : aujourd'hui du vin, demain des instruments d'optique, et des livres, et des pendules, et des dentelles, et tout ce qu'on lui proposa.

Chaque nouvel achat ne grevait ses appointements mensuels que de dix francs, l'un dans l'autre.

A la dixième partie fine, Chabannette s'aperçut que son revenu était diminué des deux tiers. Il lui restait juste cinquante francs pour la pâtée et la niche. Il est vrai que ses appointements n'étaient hypothéqués que pour trois ans

Vivre trois ans avec six cents livres par an, était-ce possible? A partir de ce moment, Chabannette renonça aux parties fines, mais il fut réduit à continuer d'acheter pour vivre.

Aujourd'hui, sa dette flottante absorbe la totalité de ses revenus et au delà. Il achète avec désespoir, il ne peut plus s'arrêter sur cette pente fatale; comme au juif errant, une voix impitoyable, la voix de la néces-

sité, lui crie : Achète... et il n'a pas cinq sous dans sa
poche.

Si la dette est le signe manifeste de la prospérité
d'un homme, on peut dire que Chabannette a un bel
avenir.

XXVI

Caldas ayant ouvert un livre de statistique, ses yeux s'arrêtèrent précisément sur cette phrase à l'article *Prisons :*

« Sur cent décès de prisonniers, soixante-quinze ont lieu dans les trois premiers mois de la détention. Cette première période constitue le temps critique du régime claustral. Beaucoup de tempéraments n'y résistent pas ; mais passé ce terme fatal, la vie moyenne des péniten-tiaires excède de trois ans et quatre mois la vie moyenne du reste des habitants de la France. Cet ad-mirable résultat est dû, on peut le dire hardiment, à l'existence sobre et réglée du détenu, et l'honneur en revient à la sollicitude si éclairée de l'administration supérieure. »

Ce petit alinéa épouvanta Romain.

— Évidemment, se dit-il, je suis dans la période critique. Le malaise général que j'éprouve, je l'attribuais à l'ennui. Je m'abusais : c'est que je ne m'acclimate pas.

Il se regarda dans la glace, se tira la langue à lui-même et se tâta le pouls.

— Certainement, dit-il, je n'irai pas trois mois.

Alors il se prouva qu'il était prudent, puisqu'il avait la faiblesse de tenir à la vie, de renoncer à la carrière administrative. Il y perdrait cent francs par mois, c'est vrai ; mais que n'y gagnerait-il pas en revanche?

D'abord il ne s'ennuierait plus abominablement, comme il le faisait depuis son entrée au ministère.

Il pourrait être seul quelquefois, et ne serait plus condamné à cette éternelle cohabitation qui devient insupportable à la longue et fait trouver haïssables les gens que nous sommes le plus disposés à aimer.

N'a-t-on pas entendu dire que des marins, partis les meilleurs amis du monde, en arrivaient, après six mois de navigation, à échanger des coups de couteau.

Or, Romain était las de naviguer sur le même bord

que Gérondeau, que Rafflard, que Sansonnet et que Jouvard le poète.

Il savait bien que la pauvreté l'attendait, qu'il aurait la malédiction de sa famille. Mais il était résolu à tout supporter.

Il comptait d'ailleurs s'arranger une existence heureuse, égayé de petits bonheurs négatifs ; et certes au ministère, pendant un mois, il avait fait provision pour l'avenir de ces jouissances peu coûteuses.

Pourrait-il connaître le spleen désormais après la besogne affadissante à laquelle il avait été condamné ?

Il lui semblait aujourd'hui qu'il eût écouté sans bâiller une conférence de M. Frédéric Morin.

Le matin il se lèverait tard ; en se roulant paresseusement sous ses couvertures, il se dirait : Voici l'heure d'aller au bureau ! Rafflard patauge dans la boue, Basquin sera malade.

Dans l'après-midi, autres félicités.

Peut-être ne déjeunerait-il pas ; mais s'il déjeunait, il ne ferait pas sa cuisine lui-même, il mangerait au restaurant, et il ne serait pas exposé par distraction à boire son encrier.

Il irait, il viendrait ; il ne serait point cloué sur sa

chaise, comme un tailleur sur son établi ; il ne ferait plus, à force de rester assis, des genouillères à son pantalon, ce qui empêche un jeune homme de se produire avantageusement dans le monde.

Enfin dans les beaux jours il vivrait au grand air, et se griserait de soleil dans la campagne de Paris.

— Voilà donc qui est décidé, conclut-il ; je patiente jusqu'à la fin du mois ; je touche mes appointements, et je dis à l'administration : « Tu n'auras pas mes os ! » Avec mes cent francs je me lance dans la haute industrie. Heureusement je n'ai plus beaucoup à attendre. Nous sommes le 29, et c'est après-demain

LE JOUR DE L'ÉMARGEMENT

Il n'y a que douze jours d'émargement dans l'année administrative, un par mois.

C'est dommage. C'est le seul jour qui offre quelque agrément.

Aussi comme ils soupirent après, les employés de l'Équilibre ! Comme ils comptent avec impatience, à l'instar des écoliers à l'approche des vacances, les heures qui les séparent de ce fortuné moment !

9.

Dès le premier du mois, il y en a qui disent :

— Allons ! dans vingt-neuf jours nous toucherons !

Toucher !... c'est la fin de l'employé sur cette terre.

Toucher !... Que les deux syllabes de ce mot sont caressantes pour l'oreille du bureaucrate !

Aussi, à l'Équilibre, ne dit-on pas : « le jour de l'émargement, » c'est le terme officiel ; on ne dit pas : « la paie, » comme dans le bâtiment ; on ne dit pas : «la solde ou le prêt, » comme dans l'armée. Non, comme l'ouvrier parisien et comme la grisette, l'employé de l'Équilibre dit :

LA SAINTE TOUCHE

Oh ! Sainte Touche, qu'il est doux de célébrer le jour de votre fête ! Comme il est bon de sentir dans sa poche frétiller vos médailles !

Sainte Touche, venez à mon aide ! dit le pauvre diable qui vient de voir filer sa dernière pièce de cinq francs.

Sainte Touche, secourez-moi ! voici mon pantalon qui s'effrange, mes souliers qui éclatent de rire, et mon chapeau qui rougit, le traître !

SAINTE TOUCHE, soyez-moi propice ! vous savez avec quelle impatience ma femme attend cette jolie robe de soie qui plaira tant à son cousin Alfred, cette robe de soie qui me ramènera peut-être un quart de lune de miel.

SAINTE TOUCHE, écoutez-nous ! le propriétaire s'impatiente, le restaurateur ne veut plus faire crédit, le limonadier demande de l'argent.

SAINTE TOUCHE, priez pour nous ! les créanciers hurlent à nos chausses.

SAINTE TOUCHE, ayez pitié de nous !

SAINTE TOUCHE, exaucez-nous !

Sainte Touche a entendu toutes ces voix éplorées qui criaient du fond de l'abîme...

Et c'est aujourd'hui le jour de sa fête.

Dès hier les employés étaient plus frais, plus gais, plus dispos ; beaucoup ont parlé de travailler, quelques-uns même ont essayé de se mettre à la besogne.

Tous bâtissaient leurs châteaux en Espagne ; ils dépensaient l'argent de leur mois. Les hommes d'ordre, avec un crayon, faisaient leurs petits calculs sur un coin de leur sous-main.

Ceux qui ont des dettes s'ingéniaient à trouver un

moyen pour ne pas les payer. C'est à quoi on songe toujours quand on vient de recevoir de l'argent.

Les gens de plaisir complotaient dans un coin quelque aimable folie.

Ce matin ils sont tous arrivés à l'heure ; il n'y avait pas de retardataires ; il n'y avait pas de malades.

Braves employés ! ils n'ont pas de bouquets à leur boutonnière, comme les noceux de campagne, mais leur figure est endimanchée.

La bienveillance est à l'ordre du jour ; l'employé lymphatique et l'employé sanguin ne se prennent plus aux cheveux ; M. Rafflard est presque aimable, et Lorgelin oublie un peu ses griefs contre l'administration.

L'hôtel du ministère même semble avoir changé d'aspect ; la figure du portier est moins rébarbative ; les corridors sont moins sombres, les cours moins humides, les vitres moins poussiéreuses.

Comme on voit bien qu'on va livrer à tous ces rongeurs une tranche du budget ! Un nuage d'or a crevé au-dessus de la maison.

Tombe, tombe, manne bénie que produit le contribuable !...

Il rit, il chante, il est en fête l'hôtel de l'Équilibre ;

il est en branle comme un campanile italien pour la sainte Madone ; à tous les étages le carillon de l'or dit sa chanson.

Cependant tout le personnel est sens dessus-dessous ; les bureaux sont désertés ; on court, on se heurte dans les corridors, on monte, on descend, on s'appelle, on crie ; à la porte aboie la meute des créanciers qui flaire la curée.

Hallali ! hallah !!!

Seul peut-être au milieu de toutes ces joies, le caissier est triste.

C'est son mauvais jour.

Le voyez-vous derrière sa grille, maigre, blême ; son œil a des paillettes jaunes, reflet de l'or qu'il manie à la journée.

Il grogne comme le dogue à qui l'on arrache un os. C'est qu'on lui arrache son or, à lui ; c'est qu'il ne serait pas caissier, s'il n'éprouvait pas une douleur à l'âme de voir s'enfuir tant d'argent. Il est plus pâle ce jour-là que l'homme dont on a coupé les veines et qui voit se tarir sa vie avec son sang.

Il grogne, le caissier ; il est d'une humeur massacrante ; il a des paroles bourrues, des regards haineux.

Et pourtant, comme ils le saluent, les employés ! comme ils sont obséquieux ! comme ils se font doux et petits garçons en allongeant la main sous le guichet étroit.

Tous ne viennent pas à la caisse, pourtant. Chaque bureau délègue un homme de confiance, d'une probité reconnue, qui, lorsqu'il y va, muni du reçu de tous ses camarades, ne manque jamais cette plaisanterie :

— Adieu, Messieurs, je pars pour la Belgique.

Il ne va jamais jusqu'en Belgique, mais il va toujours au Café de l'Équilibre et s'y livre à d'interminables parties de billard.

Comme on s'impatiente en son absence ! comme on le maudit ! S'il revenait, on pourrait s'en aller. Mais non, le misérable ne reparaît qu'au moment où quatre heures vont sonner.

Un hurrah salue son entrée. On oublie ses torts en entendant le bruit pesant du sac qu'il jette sur la table. Un religieux silence se fait, tandis qu'il établit le compte de chacun. Puis il paye ses amis en or, les indifférents en argent, et ses victimes moitié menue monnaie et moitié billon.

Lorsque chacun a reçu ses appointements, l'homme de confiance ne manque jamais de s'apercevoir qu'il s'est trompé de cent sous à son désavantage. D'un ton

de mauvaise humeur, il proteste qu'il ne se chargera
plus d'une mission qui ne lui rapporte que des désagréments et des pertes, et il insiste pour que chacun
recompte son argent.

La pièce de cent sous ne se retrouve pas.

Alors, d'un ton furieux et toisant toute la compagnie:

— Je ne soupçonne certes, dit-il, la délicatesse de
personne, mais à coup sûr il y a un voleur ici.

XXVII

Au bureau du Sommier, c'est ordinairement le jeune Basquin qui se charge d'aller toucher les émoluments de ses confrères. Comme les autres, Caldas s'approcha pour mettre sa signature sur la feuille d'émargement. Basquin l'arrêta.

— Vil surnuméraire, lui dit-il, apprenez que vos pareils ne signent pas à côté de nous sur cet état. Ils vont toucher eux-mêmes à la caisse.

— Pourquoi cette humiliation? demanda Romain.

— Parce qu'ici, répondit M. Rafflard, les surnumé-

raires ne comptent pas. Les cent francs qu'on vous al-
loue par mois ne sont pas des appointements, vous les
recevrez à titre gracieux de l'administration, qui ne
vous doit rien.

— Ah ! c'est un peu fort, dit Caldas ; est-ce que je
ne travaille pas comme les autres ?

— Il est vrai, dit Gérondeau, que vous n'en faites pas
plus que nous.

— Enfin, vous auriez tort de vous plaindre, ajouta
Basquin ; le ministère de l'Équilibre est le seul qui paye
les surnuméraires. Allez donc voir à la Guerre et aux
Finances. Ainsi, croyez-moi, passez à la caisse, et esti-
mez-vous encore trop heureux.

Caldas se levait pour suivre ce conseil, tout en se disant qu'il allait goûter du budget pour la première et
dernière fois, lorsque la porte s'entre-bâilla et une voix
flûtée demanda :

— Pardon, Messieurs, est-ce ici le bureau de
M. Caldas ?

Romain fit un bond ; il venait de reconnaître le timbre argentin de Mlle Célestine.

— C'est ici, fit Gérondeau en quittant sa place ; veuil-
lez donc entrer, Madame.

L'ingénue de Grenelle ne se le fit pas dire deux fois.

Elle avait une toilette étrange et singulièrement tapageuse. Un chapeau noir en tulle avec une énorme rose rouge ponceau sur le côté, une robe à trente-six volants et un burnous gris-perle traînant sur ses talons. Tout ce luxe sentait le temple à un quart de lieue, mais Gérondeau fut fasciné.

— Caldas est un scélérat, dit-il tout bas à Nourrisson, ça doit être une femme du grand monde.

— Je le crois, répondit-il, elle sent l'eau de lavande ambrée.

— Oh ! que j'ai eu de peine à vous trouver, monsieur Caldas, fit Célestine en minaudant, j'ai cru que j'allais *remporter ma veste.* Personne ne vous connaissait ici. Heureusement j'ai rencontré un garçon complaisant qui m'a conduite au chef du secrétariat.

— A M. Le Campion ? fit Romain épouvanté.

— Je crois que oui, un vieux qui a une bonne balle de père noble avec son paravent comme dans *Michel Perrin.* En voilà un qui a *allumé son gaz* en me voyant. Faut dire que j'avais soigné mon entrée comme dans le *père de la débutante ;* je lui ai *vendu mon piano,* et me voilà.

— Au fait, pensa Caldas, que m'importe! je m'en vais demain.

Pendant ce commencement d'entretien, Gérondeau, d'habitude si familier avec les dames, était resté debout et découvert.

L'argot des coulisses, que parlait Mlle Célestine, lui imposait, et il croyait y deviner le langage des castes privilégiées où il n'est pas admis.

Mlle Célestine avait fait d'un coup d'œil l'inventaire du bureau. Elle reprit en tutoyant Romain, oublieuse du décorum qu'elle avait arboré d'abord :

— Ça n'est pas d'une gaieté folle, ton bocal ! C'est comme dans *Pierrot bureaucrate*. En voilà des cartons verts ! Qu'est-ce qu'il y a dedans, des souris ?

— Les souris et les grâces y logeraient, Madame, si vous y veniez quelquefois, soupira Gérondeau.

L'ingénue de Grenelle considéra un instant le gros expéditionnaire, et se penchant à l'oreille de Caldas :

— Il me va, à moi, ce petit père ; il a l'air farce, c'est comme dans *Roger-Bontemps*. Mais ris donc un peu, tu n'as pas l'air content. J'ai été gentille pourtant, j'espère que je suis exacte.

— Comme une lettre de change, dit Caldas.

Mlle Célestine ne releva pas cette épigramme.

— Est-ce que nous ne *jouerons pas les filles de l'air*? continua-t-elle ; d'abord je dîne avec toi, j'ai fait coller une bande sur l'affiche : *relâche pour cause d'indisposition*.

— Saperlotte! fit Gérondeau suffoqué, une actrice!!! ô mes rêves !!!

— Viens-tu, Romain? insista l'ingénue.

Comme ils allaient sortir tous les deux, la porte s'ouvrit derechef et la tête carrée de M. Krugenstern apparut.

— Monsir Galtas? demanda-t-il.

Romain, qui ne voulut pas initier davantage ses collègues à sa vie d'intérieur, jugea à propos de donner audience à son tailleur dans le corridor.

C'est un brave homme que Krugenstern. Quand il eût appris que les appointements de son client n'étaient que de cent francs par mois, il déclara qu'il se contenterait de dix pour cent.

— Suivez-moi donc à la caisse, dit Caldas à son tailleur et à son amie.

Ils étaient à peu près aux trois quarts de l'escalier, lorsque Romain s'entendit héler par une voix perçante.

Il se retourna et se trouva face à face avec le critique Greluchet.

— Enfin, je te repince, s'écria ce littérateur, après t'avoir réclamé aux quatre vents du ciel. Il y a un mois que j'arrête tous les passants dans la rue pour leur demander ton adresse.

— Et c'est le 31 qu'on te l'a donnée, observa Caldas.

— A ne te rien céler, comme on dit à la Comédie-Française, continua Greluchet, ce jour m'a paru propice. Mais quelle est donc cette belle enfant?

L'ingénue se présenta elle-même. Au paletot de Greluchet elle avait flairé un homme de lettres, et ses grandes manières lui donnaient une haute idée de son influence.

— Je suis Mlle Célestine du théâtre de Grenelle, répondit-elle en avançant la bouche en cœur.

— Nous vous aurons un engagement pour le Vaudeville, affirma le critique.

Et comme Caldas se remettait en marche, il suivit la bande.

Au guichet de la caisse il fallut attendre quelques instants.

Quand le tour de Romain fut venu :

— Votre nom? demanda le caissier.

— Caldas, dit-il.

Le caissier ouvrit un registre.

— Surnuméraire au bureau du Sommier, n'est-ce pas?

— C'est cela même.

— Eh bien, vous me redevez dix francs.

— Comment, comment cela? demanda Caldas, qui trouvait la plaisanterie de mauvais goût.

— Oui, dix francs, — une amende du 29.

— Soit, mais il me revient quatre-vingt-dix francs sur mes appointements.

Le caissier haussa les épaules.

— Vous savez bien, reprit-il, que le premier mois de vos appointements est versé à la caisse des retraites, vous le toucherez dans trente-six ans.

— Est-ce sérieux ce que vous dites là? balbutia Caldas frappé au cœur.

— Ne me faites donc pas poser, répondit le caissier en refermant brusquement son guichet.

Alors ce fut un terrible concert d'imprécations et de plaintes.

— C'est une abomination ! criait Caldas, un vol manifeste ! Gardez mon argent, je vous en fais cadeau et ne remets plus les pieds dans cette baraque.

Mais Caldas n'était pas le plus indigné.

Qui peindra la fureur de Greluchet le critique? Son exaspération se mesurait à la perte qu'il faisait ; et il perdait à cette déconvenue dix francs qu'il comptait emprunter à Romain, et un bon dîner qu'il était sûr de faire avec lui.

— Il faut leur faire un procès, hurlait-il, leur envoyer des huissiers.

Krugenstern n'était pas satisfait, mais il semblait supporter philosophiquement son malheur.

Mlle Célestine, si elle fit une petite moue, reprit vite sa bonne humeur.

Elle tira Caldas par la manche.

— Console-toi, lui souffla-t-elle dans l'oreille, Mont-Saint-Jean m'a payé ma semaine ce matin, j'ai sept francs dix sous, c'est moi qui t'invite.

Krugenstern, à son tour, prit Caldas à part. Il le conjura de ne pas donner sa démission, de patienter ; et comme Romain lui faisait observer qu'il ne pourrait rester trente jours sans manger, ce tailleur-providence lui offrit sa table et lui glissa vingt francs dans la main pour son argent de poche.

Désarmé par tant de générosité, Caldas lui promit de rester dans l'administration.

A ce moment Romain entendit des rires étouffés dans le corridor, et dans la pénombre il aperçut un groupe qui se tenait les côtes.

C'étaient les bons petits camarades de bureau. Ils s'étaient bien gardés de lui apprendre cette retenue du premier mois, afin d'avoir l'agréable spectacle de sa consternation ; et l'événement avait dépassé leur attente.

C'est une mystification qu'à l'Équilibre on réserve toujours à l'innocence du surnuméraire.

Un nouveau personnage apparut tout essoufflé. C'était l'aimable Sansonnet.

Ce bon jeune homme, qui venait de toucher ses appointements, avait couru au bureau de Caldas pour l'inviter à dîner. Ayant su qu'il était avec une actrice, il avait pris ses maigres jambes à son cou pour ne pas manquer cette bonne fortune de dîner avec une femme de théâtre.

— Je vous emmène, dit-il à Caldas.

— Je ne puis, répondit celui-ci; je suis avec madame et ces messieurs, M. Greluchet, un de nos critiques éminents, et monsieur...

— Mais j'espère, interrompit Sansonnet, que madame et ces messieurs me feront l'honneur d'accepter mon invitation.

Tout le monde accepta, et Sansonnet, ravi de dîner avec tant de gens de lettres, prit le bras du tailleur pour se rendre au restaurant.

XXVIII

On ne se résigne pas volontiers à perdre quatre-vingt-dix francs, et un honnête homme n'a qu'une parole, même avec son tailleur.

Voilà pourquoi le lendemain retrouva Caldas à son bureau. Mais comme il n'avait pas encore digéré l'affront de la veille, il s'était procuré les tables de mortalité de Déparcieux afin d'étudier la question économique des caisses de retraite.

Ce précieux ouvrage lui apprit que la vie probable d'un homme parvenu à l'âge de vingt-cinq ans (et Caldas les aurait à la Saint-Jean d'été) est de quatorze ans et huit mois.

—Ah! dit-il, je vois bien que l'on trompe ici! Mais consultons quelque autre statisticien.

Ricardo, Adam Smith et M. Schnitzler, dont il invoqua tour à tour l'autorité, ne s'éloignent guère que de quelques mois du chiffre de Déparcieux.

— Allons, pensa Caldas, mes quatre-vingt-dix francs courent grand risque d'être flambés! Mais non, j'en aurai le cœur net, je veux rattraper mon argent, je resterai ici, je ferai mes trente-six ans et quand j'aurai ma retraite (je suis décidé à vivre très-longtemps) pour vexer l'administration et lui faire du tort, je vivrai plus vieux que le centenaire du *Constitutionnel*, et l'on mettra ma longévité dans les faits-divers!

Cette résolution prise, il concentra toute son intelligence à se donner l'air et l'esprit bureaucratiques.

Pour commencer, il apporta un vieux paletot, déférant enfin aux observations de M. Rafflard, qui, à plusieurs reprises, avait paru choqué de lui voir conserver pour travailler au bureau ses habits neufs.

Le vêtement de travail, en effet, est aussi nécessaire à l'employé qu'au canotier lavareuse.

Il n'est pas riche, l'employé, en général, et il lui faut faire des miracles d'industrie pour n'avoir pas des chapeaux trop gras avec des appointements si maigres.

Il est presque toujours très-propre. A le voir dans la rue on ne devine pas sa gêne périodique. Il a chaîne d'or vrai ou faux au gilet, sa chaussure est soigneusement cirée, et si son couvre-chef laisse à désirer, c'est que les chapeliers n'ont pas imaginé encore de vendre les chapeaux soixante francs, payables à raison de deux francs par mois.

Le pantalon seul trahit l'employé ; ces plis affreux qui se font aux genoux sont sa désolation.

Quelques-uns ont essayé de les prévenir. Pour cela, une fois emboîtés dans leur chaise, ils lâchent leurs bretelles et retroussent leurs pantalons jusqu'à mi-jambe. Vains efforts ! la genouillère paraît toujours ; seulement, au lieu d'être à sa place ordinaire, elle est vers le milieu des tibias, ce qui leur donne l'air d'avoir des exostoses.

Cette nécessité d'une mise convenable est une des sept plaies de l'employé de l'Equilibre. Il doit être habillé comme un monsieur, lui qui ne gagne pas tant que l'ouvrier.

Et l'ouvrier imbécile qui envie le sort de ce bourgeois en redingote !

Obligé ainsi de sacrifier au paraître, tous, au ministère, depuis le chef de bureau jusqu'au surnuméraire, ont une double garde-robe.

La grande tenue, celle du dehors; la petite tenue, celle du dedans.

Que cette dernière est horrible, grand Dieu!

C'est avec des pincettes, lecteur, que je voudrais te présenter les vieux habits noirs, les redingotes ou les paletots que j'ai vus sur le dos de plus d'un collègue de Caldas.

On ne les brosse jamais, ces fidèles serviteurs.

La poussière, l'encre, les taches s'y entassent d'une année à l'autre, si bien qu'un géologue en friperie pourrait, à ces couches successives, assigner, avec précision l'âge de chacune de ces loques.

Car elles ne s'usent jamais; les vêtements neufs passent, les guenilles restent.

La plupart des gens de bureau se bornent à déposer chaque matin dans l'armoire aux habits dont est pourvue chaque pièce, leur redingote, leur pardessus, et le haillon qu'ils endossent à la place forme un singulier contraste avec leurs pantalons et leurs gilets quelquefois élégants.

On dirait un alliage de Brummel et de Chodruc-Duclos.

10

Cependant il est un genre d'employé qui sait éviter ce contraste ; c'est

L'EMPLOYÉ COQUET.

Celui-là met sur son dos tout ce qu'il gagne, comme dit le peuple ; il a l'air d'un gandin, et dîne à vingt-deux sous ; il porte la raie au milieu du front ; sa barbe est soigneusement ratissée ; il fait canne, gants et lorgnon.

L'employé coquet transforme son bureau en cabinet de toilette. Son premier soin, en arrivant, est de changer de tout, — de tout ce dont il peut changer. Il quitte ses bottines vernies pour chausser des savates, et par-dessus sa chemise de batiste il glisse une blouse de flanelle.

Plus heureux est le sous-chef du bureau n° 10, le d'Orsay de l'Équilibre, qui arrive en toute saison avec une fleur à la boutonnière, rose en été, caméllia en hiver. Il occupe une pièce à lui seul, et il peut à son aise, en poussant les verroux, — faire peau sale de la tête aux pieds. Il arrive pimpant, s'enferme cinq minutes dans son cabinet ; lorsqu'il en sort, on lui donnerait un sou.

Le chef du bureau n° 4 est bien heureux aussi d'avoir une pièce pour son usage particulier. C'est le ci-devant beau. Il se teint les cheveux, se peint les veines, et réussit presque à réparer des ans l'irréparable outrage. Ses dents surtout sont un chef-d'œuvre, et s'il se renferme toujours dans son bureau, c'est qu'il a l'habitude, dit-on, de les ôter pour travailler. Ce qu'il y a de sûr, c'est qu'il y rend la liberté à son ventre, emprisonné, hors du bureau, dans un corset énergiquement sanglé.

Cet homme « bien conservé » a eu jadis des succès auprès des femmes ; il en a encore moyennant une douzaine de mille francs par an. Il roucoulait la romance dans les salons sous la Restauration ; d'aucunes assurent qu'on peut encore le faire chanter aujourd'hui.

Il affectionne les étoffes de couleurs tendres, porte l'habit bleu barbeau à boutons d'or, et l'été se montre avec des pantalons de nankin.

A côté de ces représentants de la fashion se place naturellement

L'EMPLOYÉ QUI VA DANS LE MONDE

Celui-ci fait de son bureau un petit pied-à-terre dans Paris où son budget restreint ne lui permet pas d'habiter; c'est dans les environs de Montrouge ou de Charonne qu'il a son domicile effectif.

Sa tenue de danseur est soigneusement pliée dans une petite armoire fermant à clef. Il y enferme également des chemises que la blanchisseuse vient prendre tous les huit jours.

Lorsqu'il est invité à une soirée ou à un bal, il va dîner sans se presser, passe ensuite une ou deux heures au café, et sur les huit heures du soir regagne son bureau, où le portier, à qui il a donné le mot et peut-être la pièce, le laisse pénétrer sans difficultés.

Là il se rase, se peigne, se lave, s'habille et se pomponne.

Les maisons où les fêtes se prolongent jusqu'au jour sont celles qu'il préfère ; il reste jusqu'au dernier cotillon, et alors regagne encore son bureau.

Il se déshabille, revêt sa défroque de travail, allume un grand feu et s'endort. L'arrivée de ses collègues ne le réveille pas ; il les a dressés à respecter son somme.

L'employé qui va dans le monde y va rarement pour son plaisir. C'est une besogne, une tâche qu'il s'impose.

Toujours un motif secret le guide.

Il chasse à l'héritière.

Il cherche des relations et recrute des protecteurs.

Il y en a qui ne vont au bal que pour être invités ensuite à dîner.

Dans tous les cas, l'employé qui va dans le monde est cher à la maîtresse de maison : c'est le danseur dont les jambes sont infatigables ; une fois monté, il va toujours, pourvu qu'entre chaque danse il ait le temps d'avaler un rafraîchissement. C'est l'homme précieux et dévoué ; il fait valser des dames qui pèsent deux cents, et polke avec les jeunes demoiselles de six ans.

Il est le cavalier servant des dames en turban qui font tapisserie, et on lui donne, lorsqu'il entre, la liste des quadrilles qu'il devra faire danser.

Le rêve de tous ces danseurs diplomates serait d'être invités aux bals officiels, aux bals surtout que donne le ministre de l'Équilibre. Mais les invitations passent bien au-dessus de leur tête.

On en cite un cependant, simple commis, qui s'avisa l'an passé d'un stratagème qui lui ouvrit l'Eldorado de ses rêves. Cet homme intrépide avait d'avance revêtu son costume de bal ; il réussit, à la sortie des bureaux, à se glisser dans le corps de logis occupé par le ministre.

Là il s'enferma dans un de ces réduits où d'ordinaire on reste le moins longtemps possible. Il y resta, lui, de quatre heures à dix heures du soir.

A ce moment les salons étaient pleins, et il aurait passé inaperçu sans les émanations subtiles et exotiques qu'il traînait après lui.

Chacun se demandait d'où venait cet homme, plus parfumé qu'un couplet de M. Clairville.

Un employé supérieur, présent à la fête, éventa ce mystère.

On sut par où avait passé l'intrus pour pénétrer dans les salons.

Depuis, par ordre supérieur, on n'oublie plus de l'inviter à tous les bals.

XXIX

Déterminé à rester à l'Équilibre, Caldas en arriva vite à se poser ce problème :

« A quoi mène l'administration? »

Parmi les amis qu'il s'était faits au ministère, il avait distingué deux fortes têtes, deux commis principaux à peu près du même âge, appartenant au même bureau, et travaillant dans la même pièce.

L'un s'appelle Bizos, et l'autre Sangdemoy.

M. Bizos est un homme de trente-quatre ans, maigre et de haute taille, à l'air à la fois intelligent et distingué.

Il est commis principal depuis trois ans et n'a en tout que cinq ans de service.

Bizos est un déclassé.

Son adolescence a été orageuse, et de toutes les entreprises qu'il a tentées avant d'entrer dans l'administration, aucune ne lui a réussi.

A dix-sept ans, à la suite de fredaines de jeune homme, il s'est engagé dans un régiment de cuirassiers. Après deux ans de service, son père était obligé de le faire remplacer, pour lui épargner les désagréments de passer devant un conseil de discipline.

Depuis, successivement, il a été associé d'une fonderie de fer, sous-directeur d'une ferme modèle, commissionnaire en marchandises, et juge suppléant au tribunal d'Oloron, dans le Béarn; car il a trouvé le moyen de se faire recevoir docteur en droit, tout en courant ces aventures.

En dernier lieu, il avait entrepris l'exploitation d'un brevet pour le dévidage des cocons du ver à soie de l'ailante; un incendie, une inondation et l'avant-dernière crise sur les soies le frappèrent coup sur coup et firent avorter toutes ses combinaisons.

C'est après ce dernier désastre, et lorsqu'il allait avoir vingt-neuf ans, que, désespéré, sans positions,

sans fortune, il se décida à entrer dans l'administration.

Pour lui ce n'était pas le port après le naufrage. Il
comptait bien n'y pas rester. Il voulait prendre terre,
attendre les événements, et se remettre en mer à la
première brise favorable.

Sans doute l'occasion ne s'est pas encore présentée,
puisqu'il est toujours ancré au ministère ; son avancement d'ailleurs a été rapide, et cependant il a perdu
toutes ses illusions sur la carrière bureaucratique.

C'est le type achevé de

L'EMPLOYÉ TANT PIS

Il n'aime pas l'administration ; à tout et toujours il
trouve à redire. Lui demande-t-on comment il s'y
prendrait pour faire mieux, il répond que quand il sera
ministre, il dira son secret.

En attendant, il n'est pas une décision qu'il ne critique.
Dans chaque mesure, dans chaque acte émanant de
l'autorité supérieure, il voit autant de fautes, autant de
pas de clerc.

L'administration a-t-elle eu raison, ce succès le dé-

sole ; il hausse les épaules et se remet de plus belle à la
chasse des balourdises et des inadvertances.

Mais si vraiment l'administration s'est trompée, il se
frotte les mains, il est radieux.

Il a en médiocre estime le caractère de ses chefs, en
plus médiocre estime encore celui de ses égaux et de
ses subordonnés. Il trouve les premiers insolents et
vains, les seconds plats et envieux.

Lui-même n'est pas envieux. La réussite d'un collègue ne le chagrine aucunement. Il y a beaucoup de
mépris dans cette indulgence. Il rit des petites ambitions qui s'agitent autour de lui. Son orgueil en fait
comme un géant au milieu des nains.

Il s'est fabriqué une philosophie qui est le contraire
de celle de Pangloss : il ne voit les choses que par leur
mauvais côté, et s'attend, pour lui-même comme pour
les autres, à toutes les déconvenues imaginables.

Il prétend qu'en entrant au ministère, il a lu au-dessus de la loge du portier les mots que Dante écrit à la
porte de l'enfer · « Laissez ici toute espérance. »

Il faut l'entendre argumenter à perte de vue sur ce
sujet, avec son collègue et son voisin.

L'EMPLOYÉ TANT MIEUX.

Celui-ci fait profession de respect et d'amour ; son dévouement est à toute épreuve, et son admiration ne connaît pas de bornes.

Depuis qu'il est au ministère, on a déjà cinq ou six fois changé de systèmes, il les a tour à tour défendus avec chaleur, et, qui plus est, avec conviction. Il parle bien, et dans une autre enceinte ferait peut-être un orateur, mais à coup sûr ce serait un orateur du gouvernement.

Peut-être pense-t-il, comme M. G. de Cassagnac, qu'il faut toujours défendre l'autorité.

Il croit au dogme de l'infaillibilité ministérielle.

Et ce n'est pas un jeu joué, un parti pris, il obéit à la tournure de son esprit. Il réalise le type du parfait croyant entrevu par ce mystique docteur du moyen âge, qui s'écriait, brûlant de foi : *Credo quia absurdum.*

La foi de l'employé Tant Mieux est inébranlable. Homme d'esprit, il a pu jauger certains de ses chefs sans que son respect en fût altéré. Un supérieur incapable ne prouve pas plus à ses yeux contre l'excellence

du système administratif, qu'un Alexandre VI sur le
trône pontifical n'ébranle les convictions d'un catho-
lique.

Victime d'injustices, il ne s'est jamais plaint, et, ce
qui vaut mieux, ne s'est pas trop attristé. S'il en a souf-
fert, il ne s'en prend pas à ses Dieux, il s'en prend au
hasard, à l'inconnu, et il reste parfaitement convaincu
que la réparation ne peut tarder à venir. Il en est sûr,
et il attend.

L'administration sait bien qu'il ne se plaindra pas.
C'est l'employé selon son cœur, toujours content, toujours louangeant. Faut-il une victime, c'est lui qu'elle
choisit.

Cette vivante contre-partie de M. Bizos est M. Sangdemoy.

Tels sont les deux oracles qu'alla consulter Romain.

— J'ai vingt-cinq ans, leur dit-il, j'ai fait mon droit,
et voilà cinq semaines que je suis entré ici.

— Tant pis, dit M. Bizos.

— Tant mieux, dit M. Sangdemoy.

— Vous avez peut-être raison tous les deux, reprit
Caldas, mais enfin puisque j'y suis, que dois-je faire ?

— Donner votre démission tout de suite, dit M. Bizos.

— Rester, travailler, et attendre, dit M. Sangdemoy.

— Pourquoi? demanda Caldas.

— Nous y voici, reprit M. Bizos. L'administration est une impasse, il faut en sortir ; aujourd'hui vous le pouvez, demain il sera trop tard. En trois mois la vie de bureau use l'énergie. On s'habitue à tout, même à recevoir tous les matins une volée de coups de bâton. Vous prendrez l'habitude de vous ennuyer. Regardez-moi, je vieillis ici d'un an tous les jours, et je n'ai pas le courage de m'en aller. Il faudra un événement pour me décider à donner ma démission. La porte vous est encore ouverte : sortez par la porte, et n'attendez pas d'être obligé de sauter par la fenêtre.

— A mon tour, dit Sangdemoy. Il faut rester, parce qu'ailleurs vous seriez sans doute plus mal qu'ici. Il vaut mieux tenir que courir. Vous gagnez peu, mais c'est sûr. Il faut travailler, parce que le travail est l'artisan du succès et qu'on ne s'ennuie jamais quand on travaille. Il faut attendre, parce que l'administration ne peut manquer de vous récompenser et que chaque heure qui s'écoule vous donne un droit de plus à ses faveurs. L'homme intelligent et actif peut compter sur elle ; l'avancement est pour lui seul en définitive, et si l'on vous dit qu'elle voit du même œil le fainéant et le travailleur, n'en croyez rien ; c'est un bruit que les paresseux font courir.

— Je goûte fort vos raisonnements, dit Caldas ; mais vous êtes resté dans les généralités, et sur ce terrain on plaide avec un égal avantage le pour et le contre. Passons, s'il vous plaît, à mon cas particulier, et puisqu'il s'agit de moi, faites de la personnalité.

— Soit, continua M. Bizos. Vous gagnez aujourd'hui douze cents francs, dans trois ans vous en gagnerez quinze cents, dans six ans dix-huit, et ainsi de suite. A quarante ans vous aurez un traitement de quatre mille francs, c'est-à-dire à peu près de quoi manger quand vous n'aurez plus de dents. Et notez bien que je vous dore la pilule, je vous suppose de ces gens heureux ou adroits qui retournent le roi cinq fois par partie. Vous ne serez ni heureux ni adroit : attendez-vous donc à végéter toute votre vie dans un emploi de mille écus.

— J'admets le calcul de M. Bizos, riposta M. Sangdemoy ; seulement il porte à faux. Si tous les appelés ne sont pas élus, c'est de leur faute. Nous sommes trois mille employés à l'Équilibre : quinze cents resteront copistes, parce qu'ils sont inintelligents ou paresseux ; ce sont les traînards et les éclopés ; ils peuvent faire leur *mea culpa*. Mille ne dépasseront pas les grades intermédiaires, ce sont les négligents et les insoucieux, c'est le noyau de notre corps d'armée; *mea culpa* encore pour ceux-ci. Les cinq cents autres forment l'état-major : avec des capacités et du tact, du tact surtout, on est toujours de ceux-là, monsieur Caldas. D'ici trois ans vous devez être commis principal, sous-chef dans cinq ans, chef de bureau deux ou trois ans plus tard. Vous aurez trente-trois ans et toutes vos dents encore pour manger vos huit mille francs d'appointements. Arrivé là, l'avenir est à vous. Vous devenez chef de division et enfin directeur, conseiller d'État, etc. Tous les chefs de bureau deviennent directeurs : c'est écrit là-haut.

— Parbleu, dit M. Bizos, je vous engage à vous citer pour exemple. Vous êtes un excellent employé, et après dix-huit ans de service vous avez trois mille francs d'appointements.

— Je puis avoir été négligé en apparence, répondit M. Sangdemoy, mais un dédommagement certain m'attend. Mon avancement, pour avoir été tardif, n'en sera que plus rapide. D'ailleurs vous-même, vous êtes la preuve de ce que j'avance, vous qui en cinq ans, sans protection et sans intrigue, êtes arrivé au même point que moi.

— Si je vous entends bien, fit Caldas, les chances sont à peu près égales, comme à la roulette ; et puisque je suis ici, ma foi, j'ai bonne envie d'y rester.

— Ah ! tant mieux, s'écria M. Sangdemoy.

— Ah ! tant pis, s'écria M. Bizos.

— Élucidons encore la question, reprit Caldas. Considérons la chose au point de vue de la vie privée. Un employé de l'Équilibre doit-il se marier ?

— Toujours ! fit M. Sangdemoy.

— Jamais ! fit M. Bizos.

— Parlez, dit Romain.

— Le mariage est une chose grave, reprit M. Bizos. On se marie par amour ou pour de l'argent. Mais les mariages d'amour ne sont permis qu'aux millionnaires, qui sont trop raisonnables pour faire cette folie. Donc il vous faut une dot, et les dots ne se jettent pas à la tête des jeunes commis à deux mille quatre. C'est à la fleur du bel âge de cinquante ans que vous pourrez songer à prendre femme. Si vous vous mariez jeune, ce sera avec une fille pauvre ; vous ne mangerez que des pommes de terre dans votre ménage. Si vous vous mariez vieux, vous serez odieux ou ridicule. Dans tous les cas, époux imberbe ou barbon, le métier que vous faites est dangereux pour un mari. Absent toute la journée, votre femme s'ennuie ; et quand une femme s'ennuie.....

— Est-ce qu'une femme a le temps de s'ennuyer dans la journée ? répliqua M. Sangdemoy ; elle trouve trop d'occupation dans son intérieur, alors même qu'elle n'aurait pas à ses côtés un enfant, ange gardien du foyer. Une femme ne s'ennuie que le soir, quand son mari déserte la maison. Et d'ailleurs, où sont les hommes qui appartiennent exclusivement à leurs femmes ? Est-ce le médecin, cet homme de dévouement qui n'est même pas maître de ses nuits ? Est-ce l'avocat, le juge, l'artiste ? Il faut que l'employé se marie, et le plus tôt est le mieux. L'employé marié présente plus de surface, plus de garanties ; c'est un citoyen, tandis qu'on devrait refuser ce titre au célibataire inutile. Et les bons partis ne vous manqueront pas : quel père de famille ne s'estime heureux de donner sa fille à un homme muni d'un emploi sûr ? Ne sait-on pas d'ailleurs que l'administration protége l'employé marié et lui donne de l'avancement en raison du nombre de ses enfants ?

— Comme je veux être directeur, dit Caldas, je me marie, et j'ai beaucoup d'enfants.

— Tant mieux ! fit M. Sangdemoy.

— Tant pis ! fit M. Bizos.

— Mille remercîments, messieurs ! dit Caldas. Si l'on suivait jamais les conseils qu'on demande, je serais vraiment fort embarrassé.

11.

XXX

Une occasion se présenta pour Romain de changer de bureau : il en profita. Un des employés du Service Extérieur était malade, il obtint d'être chargé de son travail.

Le chef de ce bureau passe au ministère de l'Équilibre pour un homme sévère : la ponctualité est sa marotte, et c'est lui qui, en 1846, proposa à Son Excellence d'établir un service de voitures qui, tous les matins, auraient été chercher les employés à leur domicile.

Ce projet allait être adopté lorsque les marchands de soupe s'emparèrent de l'idée. L'administration des postes l'utilisa pour ses facteurs, mais celle de l'Équilibre recula devant la crainte du ridicule.

Les employés de cet homme exact sont par lui mal notés s'ils n'ont pas de montre. Il prétend qu'un homme sans montre est un homme incomplet.

Lui-même est un chronomètre, et les petits boutiquiers de son quartier règlent leurs pendules sur son passage.

Il est d'ailleurs très-méticuleux, distribue lui-même la besogne à chacun, et corrige le travail de ses subordonnés avec plus de soin qu'un professeur de quatrième les devoirs de ses élèves.

Ce chef de bureau daigna agréer Caldas.

— Vous allez remplacer momentanément, lui dit-il, un de nos meilleurs employés, un homme exact, ponctuel, soigneux. C'est un travailleur infatigable, âpre à la besogne, qui en une semaine fait plus que d'autres en six mois. Je ne le remplacerais pas, si je venais à le perdre. Malheureusement il est d'une complexion délicate avec des apparences de santé. A travailler sans relâche, il a ruiné son tempérament. Tâchez de marcher sur ses traces.

Cet employé précieux, qui se nomme Ildefonse Brugnolles, travaille seul dans une petite pièce attenante

au cabinet de son chef. C'est là que l'on installa Caldas
à une table dont l'ordre symétrique disait les habitudes
du propriétaire.

Confiance oblige, dit-on. Romain, qui se sentait fier
de suppléer un homme indispensable, prit la résolution
sinon de le dépasser, au moins de l'égaler.

— Mon garçon, se dit-il, il s'agit de te bien tenir. Tu
as ton avancement au bout de tes doigts. Chaque employé de l'Équilibre a son brevet de directeur dans son
écritoire. Il s'agit de l'en faire sortir.

Malheureusement il avait peu à faire pour l'instant,
et Caldas dut faire preuve d'un génie fort inventif pour
trouver à s'occuper un peu.

Il avait bien copié cinq bonnes pages en huit jours,
et son activité commençait à faire oublier au chef de
bureau son employé absent, lorsqu'il arriva un matin,
cet employé.

M. Brugnolles est un grand et gros garçon à la lèvre
épaisse, à l'œil vif, aux cheveux crépus. Sa barbe en
éventail, épaisse et forte, tire légèrement sur le roux.
Les roses de Provins fleurissent sur ses joues un peu
hâlées. Il a le ventre déjà proéminent, les bras courts,
la main grosse, grasse et rouge. Il a cette démarche des
épaules qui donne en province de l'importance à un

homme. Il a la parole facile, le verbe haut, le geste libre et même un peu casseur. Quand il cause il met ordinairement la main droite dans la poche de son pantalon, tandis que l'autre joue négligemment avec une superbe chaîne de montre qui ne fait pas moins de trois fois le tour de son corps.

En apercevant Caldas, M. Brugnolles fit un geste de mécontentement.

— Qui vous a mis là? demanda-t-il à Romain.

— Le chef de bureau, répondit celui-ci ; je remplace un employé malade.

— C'est moi qui suis malade, dit M. Brugnolles, et je trouve fort singulier qu'on se soit avisé de me remplacer. Je vais éclaircir la chose avec le chef.

M. Brugnolles sortit, sans que Caldas songeât à répondre quoi que ce soit. Il était stupéfié. Jamais il n'avait vu un malade si bien portant.

Quelle maladie pouvait se cacher sous cet aspect si florissant? Romain cherchait encore, lorsque M. Brugnolles rentra.

— Tout est expliqué, dit-il ; notre chef sait qu'il m'est impossible de me ménager en face de la besogne. Je me « crèverais » si on me laissait faire. Vous m'ai-

derez; et, puisque vous devez rester là, j'espère que
nous serons bons amis.

— J'en suis sûr, dit Caldas, à qui la physionomie de
cet original revenait.

C'était un rude travailleur, en effet, que ce Brugnolles;
une avalanche de besogne arriva, il sauta dessus comme
un affamé sur un pain de quatre livres.

Romain ne reconnaissait plus le procédé de ses collègues du Sommier, bureaucrates de la vieille roche,
qui travaillent lentement pour travailler longtemps,
gens prudents qui économisent la besogne afin d'en
avoir toujours sur la planche.

Non, Brugnolles travaillait comme un ouvrier à ses
pièces, sans repos ni trêve ; il ne déjeunait pas, il ava-
lait un petit pain et sifflait, tout en écrivant, une bouteille de vin. Caldas, lorsqu'il arrivait le matin, le
trouvait toujours aux prises avec un dossier, et le soir
il faisait allumer une lampe pour piocher jusqu'à six
heures.

Deux ou trois fois le chef de bureau était venu, et en
présence de tout le travail abattu il s'était fâché :

— Vous êtes incorrigible, mon cher Brugnolles,
avait-il dit, vous allez encore vous rendre malade

Caldas avait beau regarder Brugnolles ; rien sur sa figure n'annonçait l'altération de sa santé.

Cependant ils étaient au mieux ensemble, et pendant une semaine, où Romain fit tous ses efforts pour se tenir à la hauteur de son collègue, il reçut de lui les meilleurs conseils.

— Vous avez tort, cher confrère, lui disait celui-ci, de suivre les traces de tous ces jeunes étourneaux et de ces vieux enfants avec lesquels je vous voyais hier soir aller prendre l'absinthe au café de l'Équilibre.

— Mais je ne suis pas leurs traces, dit Caldas.

— Vous y arriverez, si vous les fréquentez. Déjà vous allez au café de l'Équilibre, ce qui est une faute. On va ailleurs, au boulevard, n'importe où. Vous arriverez en retard, vous écrirez que vous êtes malade, pour éviter l'amende. Vous emploierez toute votre finesse à vous décharger de travail. Bientôt vous vous absenterez pendant la séance. Qui sait ? vous avez déjà peut-être fait le tour du chapeau.

— Je l'avoue, dit Romain.

— Quel enfantillage ! continua M. Brugnolles ; vous voulez jouer au plus fin avec l'administration, vous pensez « l'enfoncer, » et vous vous croyez bien habile. Que gagnez-vous à cela ? Quelques heures d'oisiveté la haine de vos chefs. La dupe, c'est vous. Car toutes vos malices sont cousues de fil blanc. On les connaît. Vos supérieurs, qui en ont usé avant vous, feignent de ne s'apercevoir de rien, mais au fond ils sont furieux.

— Vous croyez que cela peut nuire?

— Parbleu! fit M. Brugnolles, vous avez le front de me le demander! Mais vous ne voyez donc pas plus loin que votre nez! Il se trouve toujours quelque bouche indiscrète. Tout revient aux oreilles de l'administration, et, si elle a l'air de fermer les yeux, elle ne vous en garde pas moins une dent.

— Peste! dit Caldas, vos mots ne sont pas tirés par les cheveux; vous parlez bien notre langue, vous feriez bonne figure au *Bilboquet.*

— Je ne lis que ça, j'y suis abonné.

— Ciel! s'écria Caldas, un homme qui paye pour lire ma prose! Laissez-moi vous admirer!

— Quoi! vous êtes le célèbre Caldas du *Bilboquet,* l'auteur des *Pensées d'un ferblantier!*

— J'ai cet honneur, murmura Romain..

— Il y a longtemps que je vous connais, dit M. Brugnolles, qui se mit à réciter à Caldas une dizaine de ses nouvelles à la main. Mais au fait, continua-t-il, vous allez me dire pourquoi, depuis trois mois, on ne voit plus d'articles de vous.

— C'est que depuis trois mois je suis employé de l'Équilibre.

— Et c'est là ce qui vous empêche... Mais, mon cher ami, vous ne trouverez jamais un bureau plus commode que celui-ci pour faire de la littérature.

— Oh ! fit Caldas révolté, mon temps appartient à l'administration, et je ne voudrais pas nuire à mon avenir. Tout à l'heure vous m'avez dit vous-même...

— Eh ! tout à l'heure je parlais à un collègue quelconque, mais maintenant je sais à qui j'ai affaire, je puis vous ouvrir mon cœur et vous livrer mon secret ; vous êtes un homme, et je compte sur votre discrétion.

— Oh ! soyez sans crainte, dit Caldas.

— Alors écoutez-moi bien, je vais vous initier à la

THÉORIE DE LA CAROTTE.

Il y a deux espèces de carotte bien distinctes : la petite, et la grande.

On connaît la première. Les carottiers de cette caté-
gorie sont de véritables lycéens, heureux de faire la
nique à leurs professeurs.

Ils s'échappent du bureau pour courir au café.

Ils s'esquivent afin d'aller fumer un cigare.

Ils prétextent un mal de tête ou un mal de dents les
jours de soleil, pour avoir leur demi-journée.

Ils se font adresser une lettre de faire-part, encadrée
de noir, pour assister à un service funèbre imaginaire,
et ils ne manquent jamais d'aller jusqu'au cimetière.

Ils se font envoyer un commissionnaire pour affaire
urgente.

Ils ont tous les huit jours un parent à conduire au
chemin de fer.

Ils exploitent en un mot tous les menus détails de
la vie ordinaire ; ils mettent les accidents en coupe réglée. Noces, indisposition, baptême, incendie, naissance,
garde nationale, prise de voile, déménagement, tirage
au sort, enterrement, élections, accouchement, inondation, etc., etc. ; ils savent tirer parti de tout aux dépens
de l'administration.

Tels sont les carottiers vulgaires, qui semblent bien
mesquins à côté des tireurs de grande carotte.

Les premiers sont des pillards qui filoutent une à une les heures réglementaires ; les seconds sont des conquérants qui, de par leur audace, s'assurent des mois entiers de liberté.

Au premier abord on pourrait croire que la grande carotte expose à de plus graves dangers que la petite.

C'est une erreur.

Pour dix petites carottes on a dix mauvaises notes ; une grande passe presque toujours inaperçue, et, fût-elle découverte, elle ne peut valoir qu'une seule mauvaise note.

Le grand carotteur perd tous les dix-huit mois son père ou sa mère à deux cents lieues de Paris.

Il a à suivre au fond de l'Allemagne un procès dont dépend toute sa fortune.

Il conduit en Italie une sœur poitrinaire.

Il poursuit en Valachie sa femme qui vient de se faire enlever par un boyard qui étudiait en médecine.

Le petit carottier exploitait les accidents de l'existence ; le grand carotteur exploite les catastrophes. Les morts, les héritages, les crimes, les procès, autant de cordes à son arc.

— Moi, continua M. Brugnolles, je n'ai qu'une corde à mon arc ; mais c'est la corde infaillible. Je suis malade.

— Maladie incurable ! je m'en doutais depuis que je vous écoute, dit Caldas.

— Ne croyez pas que cela soit facile. Il ne s'agit pas de dire : « Je suis malade, je vais prendre un congé ; » il faut arriver à se faire dire : « Vous êtes malade, prenez donc un congé ! » Voilà pourquoi je me tue de travail ici. Chacun sait bien que ces excès de labeur ont délabré ma santé. Je dois dire du reste qu'en huit jours je mets mon service au courant pour deux mois. J'ai fini ma besogne aujourd'hui ; demain je commencerai à éprouver des vertiges. Après-demain mon chef me suppliera d'aller me soigner. Et c'est ainsi, mon cher, que, tout en passant pour un excellent employé, toujours porté au tableau d'avancement, j'ai trouvé le moyen de ne venir au ministère que quarante jours par an.

— Mais que faites-vous du reste de votre temps ? demanda Caldas.

— Moi, je suis voyageur de commerce.

XXXI

— Allez vous coucher, Brugnolles, allez vous coucher.

Ainsi parla le chef de bureau.

— Je crois en effet que j'ai la fièvre, dit Brugnolles, qui prit son chapeau.

Et, s'approchant de Caldas comme pour le mettre au courant de la besogne :

— Si vous avez des commissions pour Lille, lui souffla-t-il, j'y vais placer des vins.

Romain de nouveau se trouva seul, et de nouveau la

besogne lui manqua complétement. Il s'ennuyait sérieusement dans son cabinet.

Comme il ne remplissait au Service Extérieur qu'un
emploi intérimaire, un officieux vint lui dire fort à
propos que deux autres places étaient vacantes sous
deux chefs différents.

— C'est bien, dit-il, j'y réfléchirai.

Il voulait prendre des renseignements sur les chefs
de ces bureaux, et on lui fit connaître tour à tour le chef
qui ne fait rien, et le chef qui fait tout.

LE CHEF QUI NE FAIT RIEN

Paraît au bureau tous les deux ou trois jours, et c'est
vers deux heures qu'il y arrive.

Il confère alors dix minutes avec son sous-chef, qui
est un homme capable.

Ensuite, il lit son journal, fait sa correspondance
particulière, et donne quelques signatures.

Ces signatures à donner l'ennuient beaucoup.

Dans les premiers temps il lisait exactement tout ce
qu'on lui présentait, il redoutait de parapher quelque

absurdité. Il s'est façonné depuis ; il sait qu'il peut se reposer absolument sur son sous-chef, et il signe les yeux fermés. Il signerait, comme on dit, sa condamnation à mort.

Oh ! combien il regrette que l'administration n'autorise pas l'usage des griffes pour les chefs de bureau ! Comme il serait heureux de confier la sienne à son sous-chef !

Le chef qui ne fait rien est ordinairement gras ; c'est un excellent père de famille ; il n'a point de vice à proprement parler, sauf qu'il s'occupe parfois de littérature ou de jardinage. C'est lui qui trouvera la verveine noire, et il est en correspondance avec Alphonse Karr.

Le bureau du chef qui ne fait rien marche admirablement. Ses employés l'aiment, car ils n'ont pas affaire à lui. Son sous-chef encourage et exploite la nonchalance de son supérieur au profit de son ambition.

On dit dans l'administration que le chef qui ne fait rien a de grandes capacités.

LE CHEF QUI FAIT TOUT

Arrive de bonne heure, veille tard, et emporte du travail chez lui ;

Ne laisse pas écrire une ligne même à son sous-chef;

Ne supporte pas qu'un de ses employés travaille, et s'il lui en vient un qui soit laborieux, il lui cherche des querelles d'Allemand pour lui faire quitter le bureau.

Cet homme, qui a la manie du travail, se plaît à dire que tous ceux qui l'entourent sont des idiots; il a si peu confiance en eux qu'il fait tout, absolument tout par lui-même. Il rédige, copie et recopie lui-même, fait les projets, les minutes et les expéditions.

Son sous-chef le déteste; les employés, qu'il laisse parfaitement libres, ne savent que faire de leur temps.

On les rencontre un peu partout, excepté dans leur bureau. Ils n'aiment point leur chef, et disent qu'il accapare toute la besogne pour les empêcher de se produire.

Le chef qui fait tout est maigre, soigne peu sa tenue, et porte un parapluie en toute saison.

— Je n'irai certainement dans aucun de ces bureaux, se dit Caldas; l'important pour moi est de rester seul, et, comme je veux faire honneur à l'administration, je vais écrire une pièce pour le Théâtre-Français.

XXXII

Romain travaillait comme un noir à son drame, et déjà il ne lui restait plus à écrire que le cinquième acte, lorsqu'on annonça pour le premier juillet une réorganisation générale du ministère de l'Équilibre, arrêtée en principe depuis dix ans.

On avait encore six semaines à attendre ce grand jour, mais dès l'instant où la décision de l'autorité supérieure fut connue, c'en fut fait de tout travail. A quoi bon s'occuper d'un service qu'on allait peut-être quitter? On comptait sur des remaniements gigantesques, sur des promotions nombreuses, sur un avancement fabuleux. Toutes les petites ambitions s'agitèrent, et on les vit éclater comme un incendie qui couve depuis longtemps sous la cendre.

Les employés de l'Équilibre, qui savent parfaitement que pour avancer on ne doit compter que sur son mérite, se répandirent par la ville en quête de protecteurs. Personne dans les bureaux désertés en masse ; plus de feuille de présence. On ne rencontrait dans les corridors que des gentlemen en habit noir, en cravate blanche et en gants paille. Les bureaucrates avaient quitté la livrée du travail pour endosser celle du solliciteur, mais ils ne faisaient qu'apparaître, prendre le vent et s'enfuir.

Le ministère de l'Équilibre avait un faux air de la Chambre des notaires.

Pour cette grave circonstance, M. Brugnolles, qui faisait une tournée sur les bords du Rhin, accourut à son poste.

— Toujours sur la brèche ! lui dit le chef de bureau ; pour Dieu ! monsieur Brugnolles, ménagez-vous.

Caldas crut devoir faire comme tout le monde un petit brin de toilette, et M. Krugenstern, complice de ses menées ambitieuses, lui ayant fourni un habillement de soirée, il se rendit de son pied léger chez son protecteur, l'ancien élève en pharmacie.

Cet homme important avait quitté la direction de sa
Revue pour des fonctions indéfinies qui lui donnaient
une grande influence. Il était depuis dix-huit mois en
train d'ouvrir une enquête sur une question économique
à l'ordre du jour.

Après deux visites infructueuses, Romain put enfin
forcer la porte de son protecteur.

Celui-ci ne reconnut point son protégé. Caldas fut
obligé de se nommer, et comme son nom n'éveillait aucun souvenir, il eut l'imprudence de rappeler à ce personnage le temps où il élaborait les ordonnances suivant la formule.

Aussitôt il fut mis à la porte. Romain regagna son
ministère, méditant sur le danger qu'il y a de parler
aux hommes arrivés de leurs débuts.

Enfin, le grand jour se leva. Dès l'aurore, une armée
d'ouvriers prit possession du ministère. On perça des
galeries, on en ferma d'autres; on créa sept escaliers ;
on fit une salle de conseil d'une enfilade de bureaux, et
une enfilade de bureaux de la salle du conseil. Les employés du second étage furent transportés du quatrième
au rez-de-chaussée, et ceux du rez-de-chaussée dans
les combles. Pas une cloison ne resta debout; là où il y
avait des cheminées on mit des poêles, et là où il y avait
des poêles on mit des cheminées.

Cette réinstallation fit le plus grand honneur à l'architecte. Le service en fut singulièrement simplifié. Il est vrai que dans le déménagement une partie des archives fut perdue, mais on combla cette lacune par la création de trois cent quarante nouveaux emplois.

Caldas aussi perdit quelque chose. Il avait laissé le troisième acte de son drame dans le tiroir de son bureau, tiroir dont il avait la clef. Le meuble fut emporté par des hommes de peine à six heures du matin, et depuis, Romain ne l'a pas retrouvé.

Cette réorganisation des services désorganisa peut-être un peu le travail pendant un trimestre.

Mais telle était la simplification qui en résultait, que le temps perdu fut bien vite compensé.

Deux mois après que tout était rentré dans l'ordre, on rencontrait encore dans le corridor des employés qui erraient comme des âmes en peine et qui demandaient à tous ceux qu'ils rencontraient :

— Pardon, vous ne sauriez pas où est mon bureau ?

XXXIII

Caldas avait perdu son troisième acte ; mais il fut nommé commis. Ses appointements se trouvèrent du coup presque doublés.

Il était donc dans les satisfaits ; par contre, il y avait des mécontents, M. Rafflard, par exemple, qui venait d'être nommé au bureau des Affaires Prescrites, une impasse définitive, et Nourrisson, qui était resté au bureau du Sommier.

M. Bizos, promu au grade de sous-chef était furieux ; M. Sangdemoy, au contraire, n'ayant eu aucun avancement, se frottait les mains et plus que jamais bénissait l'administration.

12.

Gérondeau, lui aussi, était dans les satisfaits. Cet adroit expéditionnaire avait réussi à s'emparer de fonctions qu'il convoitait depuis longtemps, c'est-à-dire à s'introduire dans un bureau complétement hors cadre, le

BUREAU DES VOITURES.

Les employés de ce bureau forment une classe à part dans l'administration. Ce sont des paresseux intelligents. L'autorité supérieure a su tirer parti de leurs défauts et utiliser des gens jusqu'alors inutiles.

Dans l'intérieur du ministère, ils ne faisaient œuvre de leurs dix doigts. Renonçant à combattre leur horreur insurmontable pour le bureau, l'administration les emploie à l'extérieur.

Ils font les courses qui exigent la présence d'un homme entendu et capable ; ils s'occupent des affaires litigieuses, discutent les transactions, et enfin évitent, pour les affaires urgentes, les lenteurs de la correspondance administrative.

Le nom de ce bureau vient de ce que l'administration autorise tous ces employés à prendre des voitures à son compte. Leurs six heures réglementaires se passent donc dans un coupé, dont quelques-uns sont heureux d'offrir la moitié aux petites dames qu'ils rencontrent.

D'autres voyagent, dit-on, sur l'impériale des omnibus, et réalisent ainsi d'honnêtes bénéfices.

Gérondeau n'est pas de ceux-là. Il affirme qu'il y met du sien.

* * *

Basquin n'était ni content, ni mécontent. On l'avait fait passer, toujours en qualité d'expéditionnaire, à un bureau de création nouvelle, le

BUREAU DE LA CORRESPONDANCE PARTICULIÈRE.

Ce nouveau service est l'œuvre et l'invention d'un sous-chef rempli d'astuce. Depuis cinq ans il rumine ce projet, depuis trois ans il travaille à le faire aboutir.

C'est au portier du ministère que jadis les facteurs de la poste remettaient les lettres particulières adressées à Messieurs les Employés.

Le portier les distribuait aux garçons de bureau, lesquels les transmettaient à leurs destinataires.

Le sous-chef rempli d'astuce vit là matière à centralisation. Il fit remarquer que le portier empiétait sur
les droits de l'administration ; il rédigea un projet où
il était démontré, clair comme le jour, que la distribution de ces lettres ne devait pas être dans les attribu-
tions du concierge et nuisait à ses fonctions administratives.

Dans un second rapport, il indiqua tous les désavan-
tages de ce mode de procéder. Les lettres pouvaient se
perdre, et dans ce cas à qui s'en prendrait-on? Elles
pouvaient arriver en retard ; de qui serait-ce la faute?
Où trouver une responsabilité ?

En conséquence il proposait une amélioration notable
à cet état de choses, et concluait à la nomination d'un
chef de service, aux appointements de huit mille francs.
En même temps il s'offrait pour remplir cette mission
toute de dévouement.

Ce sous-chef rempli d'astuce avait de nombreuses
relations ; il fit parler, agir, et ma foi, à la faveur de la
réorganisation qui venait d'être enfin réalisée, il enleva
sa nomination.

C'est alors qu'il installa son bureau. Il lui fallait un
état nominatif de tous les employés du ministère de

l'Équilibre, avec l'indication du bureau auquel ils appartenaient et de la pièce dans laquelle ils travaillaient.

Pour dresser ces états, il obtint deux expéditionnaires. Il avait déjà un garçon de bureau chargé de porter les lettres.

Il ne s'en tint pas là. Comme il devait être toujours au courant de toutes les mutations, il se mit en rapport avec le bureau du personnel et se fit donner un commis principal, chargé de tenir à jour un registre des mutations. Le garçon de bureau se trouvant insuffisant, il en eut deux.

A la tête de ce personnel de cinq individus, il se déclara littéralement accablé de besogne ; il cria, clabauda, se plaignit amèrement, et enfin se fit accorder un sous-chef.

Ce nouveau venu était un ambitieux ; il fut mécontent d'avoir peu de chose à faire, et résolut d'innover pour se faire valoir. Il décida qu'on transcrirait sur des registres spéciaux l'adressé de toutes les lettres, y compris la désignation du timbre et du lieu d'expédition.

Ce surcroît de travail n'exigea pas moins de trois employés nouveaux, dont deux commis et un surnuméraire. Depuis lors ce bureau fonctionne régulièrement.

Chaque année on dresse un relevé exact de ces registres, et ainsi on se rend compte du nombre des lettres reçues et on sait, ce qui n'est pas moins important et utile, quel est l'employé dont la correspondance est la plus étendue.

Autrefois, lorsque le portier faisait par complaisance le service de vaguemestre, toutes les lettres arrivaient en temps utile, aucune ne s'égarait.

Aujourd'hui, on les reçoit très-exactement le surlendemain, excepté celles qui se perdent en route.

XXXIV

Bonheur nuit quelquefois. Caldas nommé commis
dut changer de bureau. M. Brugnolles, qui a toujours
su tirer son épingle du jeu, avait été nommé sous-chef.
Il fut remplacé par cinq employés, et Romain dut aller
exercer ses fonctions de commis dans un des sept bureaux du ministère où l'on travaille, le bureau de l'Alimentation.

Le chef de cette branche du service, un des hommes
les plus capables de l'administration, s'appelle Izarn.
Il est entré à l'Équilibre au sortir du collége, vers la
fin de 1850. Son avancement, on le voit, a été assez
rapide, sans avoir rien de scandaleux. Il en est rede-

vable, un peu à son mérite, beaucoup à la politique
raffinée dont il ne s'est jamais départi un instant.

M. Izarn est le type achevé de

L'EMPLOYÉ QUI SE FAIT PETIT

A quarante ans il est encore petit garçon, très-petit
garçon ; il feint devant ses supérieurs une timide et
respectueuse émotion. Loin de chercher à se faire valoir, il cache ses talents administratifs avec plus de
soin que les autres n'en mettent à les étaler. Fait-il
quelque chose de bien, de remarquable, il laisse tout
l'honneur en rejaillir sur son chef immédiat, et il pousse
si loin l'habileté, que celui-ci n'éprouve aucun embarras
à se parer des plumes qu'il n'a point trempées dans
l'encre.

A-t-il été commis une boulette au contraire, l'employé qui se fait petit n'hésite pas, si étranger qu'il y
soit, à en assumer la responsabilité. Il devient le bouc
émissaire, tend le dos à tous les reproches, reçoit volontiers les savons, et sans murmurer se laisse laver la
tête.

Ce plan de conduite repose sur une connaissance ap-
profondie du cœur humain. L'homme qui, dans un mo-

ment d'humeur, a passé sa colère sur un innocent, éprouve toujours le regret d'avoir été trop loin. Il répare, surtout lorsque la réparation ne lui coûte rien ; et le supérieur, qui a dit à l'employé qui se fait petit des choses désagréables, se sent obligé de faire pour lui des choses qui lui seront utiles.

C'est ainsi que M. Izarn est arrivé à diriger le bureau de l'Alimentation. Il y a dix-huit employés sous ses ordres, qui tous travaillent comme des nègres. Dans son service, pas moyen de flâner. S'il n'y a pas de besogne, il en invente, et du matin au soir il est sur le dos de ses employés, qui le trouvent « taonnant. »

La manière dont M. Izarn a composé ce bureau exceptionnel mérite vraiment d'être rapportée.

Il a procédé par élimination. Sur dix employés qu'on lui donnait, il s'en trouvait toujours un qui, bien stylé et exactement surveillé, faisait à peu près son affaire ; cet homme précieux, il le gardait et se débarrassait des autres en faveur de ses collègues.

C'est ainsi que, depuis trois ans, il n'est pas passé moins de cent quatre-vingts commis et expéditionnaires dans le bureau de M Izarn ; il en est resté dix-huit ; mais aussi quels piocheurs ! Chacun d'eux est de la force de dix employés-vapeur. Aussi n'avancent-ils jamais. Ils sont là à vie.

13

On sait trop bien que si on venait à les perdre, on ne
es remplacerait pas. L'avancement même de M. Izarn,
qui sera chef de division avant qu'il soit trois ans, ne
les fera pas rentrer dans le droit commun. Il les lé-
guera à son successeur.

On cite de M. Izarn, pour se défaire des employés qui
ne lui vont pas, des traits héroïques.

Vers 1867, on lui envoya un commis principal qui
était le plus paresseux et le plus inexact des bureaucrates ; au bout de huit jours il en était positivement
excédé. Le nouveau venu entravait le travail, débau-
chait ses camarades et leur soufflait l'esprit d'insubor-
dination. M. Izarn demanda d'abord son changement ;
il ne lui fut point accordé.

Alors il proposa purement et simplement la desti-
tution de ce cancre. Par malheur ce cancre était bien
en cour, si bien qu'il fut maintenu envers et contre son
chef de bureau.

Le pauvre chef était au désespoir.

N'osant plus attaquer le taureau par les cornes, il
employa mille petits moyens pour se dépêtrer de ce
commis impossible. Il répandit, c'est un fait avéré, des
bruits étranges sur le malheureux ; il insinua que ce
pouvait bien être un agent secret de quelque pouvoir

occulte, espérant ainsi le faire malmener et renvoyer
par ses collègues.

La ruse ne réussit pas, et, dans son exaspération,
M. Izarn alla jusqu'à lui susciter un duel. Le commis
principal en sortit sain et sauf.

C'est alors que M. Izarn fit voir de quoi il était capable. Du jour au lendemain il changea de tactique....

Et trois mois après le cancre était nommé sous-chef
dans un autre service.

XXXV

— Comment sortir de cette galère? se demandait Caldas.

Et de fait il n'avait plus un instant à lui. Pour achever sa pièce et refaire le troisième acte, perdu dans le déménagement, Romain fut réduit à travailler le soir chez lui, sur les genoux de Mlle Célestine, ce qui était bien dur.

Autre malheur. Il avait plu à M. Izarn.

Caldas, qui n'avait pas acquis dans la petite presse la réputation d'un Bénédictin, se trouvait, sans faire le moindre effort, à la hauteur des travailleurs austères du bureau de l'Alimentation. N'ayant aucune chance de passer sous-chef, il songeait sérieusement à tomber malade.

A ce moment une grande nouvelle mit en émoi tout le bureau. Un chef de division voulait choisir un secrétaire parmi les forçats de M. Izarn. Romain se serait mis sur les rangs, sans les sages avis de M. Lorgelin qu'il était allé consulter.

— Vous voulez donc perdre votre avenir administratif? lui dit celui-ci.

— Mais il me semble, répondit-il, que lorsqu'on s'approche du soleil...

— On se grille, répliqua M. Lorgelin. De deux choses l'une : ou vous ferez l'affaire de votre chef de division, ou vous ne la ferez pas.

— Je ne vois pas d'autre alternative, observa Caldas.

— Si vous faites son affaire, il vous confisque à son profit, et vous voilà devenu secrétaire perpétuel.

— Comme M. Villemain, mais sans les jetons.

— Si vous ne faites pas son affaire, il vous renvoie honteusement, et vous voilà noté d'incapacité ou de paresse pour le restant de votre vie.

— Je vous comprends, reprit Romain, vous me conseillez de ne pas m'enterrer : mais je suis enterré vif dans ce maudit bureau de l'Alimentation.

— Vous êtes sous la coupe d'Izarn? fit M. Lorgelin.

— Oui.

— Et vous lui plaisez?

— J'ai ce malheur.

— Vous avez donc travaillé?

— J'ai commis cette imprudence.

— Alors, c'est fini, pourquoi me demandez-vous conseil?

— C'est que je voudrais sortir à tout prix de cet étouffoir, je n'entends pas renoncer à l'avancement.

— Alors, ne faites plus rien.

XXXVI

Caldas montra bien qu'il était un ambitieux. Il suivit strictement les avis de Lorgelin-Mentor. Pendant quinze jours on ne le vit pas écrire une seule ligne. Il allait dans la journée faire des parties de billard au café de l'Équilibre. M. Izarn, qui entre cent fois par jour dans le bureau de ses subordonnés, ne le trouvait jamais à sa place.

Surpris de ce changement à vue, le chef de bureau essaya d'abord de ramener le réfractaire à de meilleurs sentiments ; il lui parla affectueusement, du ton de l'intérêt le mieux senti, et humecta à propos sa paupière de deux ou trois petites larmes qu'il a à sa disposition. Il lui représenta le désespoir de sa famille, lorsqu'elle apprendrait que par des étourderies de jeune homme il compromettait sa carrière. Caldas, que deux ans de bureaucratie avaient vigoureusement trempé, ne s'attendrit point à ces larmes de crocodile. Il promit hypocritement de s'amender, et resta huit jours sans venir.

Pendant sa maladie qui tomba bien, car le temps fut superbe, il fit savoir adroitement à son chef qu'il écrivait dans les journaux.

Lorsqu'il reparut, il trouva sa place prise. Il alla demander une explication à M. Izarn.

— Je m'étais bien trompé sur votre compte, répondit celui-ci; vous êtes, je le vois, de ceux qui désertent devant l'ennemi.

— Quel ennemi? demanda Caldas.

— Le travail, puisque le travail est votre ennemi, à vous autres, mauvais employés.

Caldas, ravi au fond de l'âme, baissa la tête comme un coupable.

M. Izarn reprit :

— Vous serez enchanté, j'imagine, de l'emploi qu'on

vous donne ; vous passez au bureau des Duplicatas, on n'y fait absolument rien, et le chef, M. Deslauriers, est aussi un homme de lettres, un homme d'esprit ; on joue des pièces de lui sur les théâtres, il vient des actrices le voir pendant la séance. Vous serez au mieux ensemble. Adieu, grand bien vous fasse !

— Deslauriers ! se disait Romain en gagnant le bureau des Duplicatas, Deslauriers, je n'ai jamais vu ce nom sur aucune affiche.

Ce chef de bureau, qui s'appelle Deslauriers au ministère et dans la vie privée, signe du nom charmant de Saint-Adolphe les levers de rideau qu'il fait représenter aux théâtres de flons-flons.

C'est un homme de cinquante-cinq ans, rond comme une pomme, à l'œil vif, à la bouche souriante, et portant au bout du nez la décoration des membres du Caveau. Quoi qu'en dise M. Izarn, il travaille et mène fort bien son service. Il est un peu causeur, mais ce n'est pas un défaut, lorsque comme lui surtout on cause bien. Il en tire vanité, et n'est jamais plus heureux que lorsqu'il trouve un auditeur bienveillant qui rie à ses calembours et comprenne ses mots. Sa mémoire est un inépuisable répertoire d'anecdotes mi-partie administratives, mi-partie théâtrales.

M. Deslauriers accueillit admirablement Romain.

13.

— Vous êtes monsieur Caldas, lui dit-il, je suis, parbleu ! enchanté de faire votre connaissance. C'est vous qui, dans le *Bilboquet,* avez parlé si avantageusement du *Gondolier des Pyrénées* dont je suis l'auteur.

— Quoi ! vous seriez Saint-Adolphe ? dit Caldas abasourdi.

Saint-Adolphe s'inclina modestement.

M. Deslauriers reprit :

— J'espère qu'en entrant dans l'Administration vous ne faites pas d'infidélités à Melpomène.

— Oh ! dit Caldas, quand on veut faire son chemin...

— Eh bien, est-ce que l'un empêche l'autre ? La littérature et la bureaucratie sont sœurs. Que dis-je, l'Administration est le noviciat des grands hommes.

— Il est vrai, balbutia Romain, rougissant de cette impudente flagornerie, il est vrai que votre exemple le prouverait.

— Je ne suis pas le seul, continua Saint-Adolphe. Ainsi, nous revendiquons Dumas père, qui est entré au Théâtre-Français par le Palais-Royal ; Ancelot, qui n'a fait qu'un saut du ministère de la marine à l'Académie. Ah ! ah ! il aiguisait bien l'épigramme, Ancelot ; connaissez-vous celle qu'il fit à la première représentation de la *Pie Voleuse ?*

— Oh ! oh ! fit Caldas.

— Oui, je sais, c'est un peu leste, mais c'est gai, très-gai. Dans les jeunes nous comptons Barrière, l'auteur des *Faux Bonshommes*, un échappé de la Guerre. Nous aurons bientôt Caldas.

— Peut-être, répondit Romain, j'ai en portefeuille une pièce en cinq actes que je destine aux Français.

— Quel titre ?

— *Les Oisifs.*

— Bon ! toute l'Administration ira voir ça. Avez-vous lu ?

— Pas encore, je ne connais personne.

— Eh bien ! je vous donnerai un coup d'épaule. Je ne suis pas votre chef de bureau pour rien. Nous irons voir Got et M. Régnier, et puis j'ai dans ma manche certain personnage...

— Oh ! Monsieur, comment vous remercier ! s'écria Caldas enthousiasmé.

— C'est bon, c'est bon ! vous me remercierez le soir de

la première représentation. Mais il faudra m'apporter le manuscrit. Vous en êtes content?

— Ma foi, oui; il n'y a que le troisième acte qui m'inquiète. Je l'avais écrit, il était bon, et puis voilà que je le perds dans le déménagement. Je l'ai refait deux fois, mais il n'est pas aussi bien venu que la première.

M. Deslauriers hocha la tête.

— Ces déménagements, dit-il, amènent toujours des catastrophes.

— Il faut bien s'en consoler, fit Caldas; et pour tâcher d'oublier mon' malheur, je vais aller noyer mon chagrin dans des flots d'encre administrative. Quand on a le tort d'être homme de lettres, on a raison de déployer tout son zèle bureaucratique.

— Du zèle! s'écria M. Deslauriers; comment, c'est vous, un lettré, qui prononcez ce mot-là! Vous ne savez donc pas ce qu'a dit Talleyrand?

— Oui, répondit Romain, je sais : « Surtout pas de zèle! » Voilà une maxime qui a dû rassurer bien des consciences de paresseux.

— Ne riez pas de ce mot profond. Il est toujours d'actualité, On peut être zélé et paresseux. Le zèle, mon

cher ami, c'est la plaie de l'Administration. C'est lui qui
dénature toutes les intentions et fait des absurdités des
choses les plus raisonnables. Connaissez-vous l'histoire .
des chapeaux gris ?

— Est-elle dans Aristote ? demanda Caldas.

— Ah ! très-joli ! fit Saint-Adolphe ; non, c'est une
histoire presque contemporaine. Je vais vous la conter.
Mais tirez donc le verrou, qu'on ne vienne pas nous
interrompre.

Caldas obéit.

— Vous devez savoir, reprit M. Deslauriers, que pendant l'été de 1829, les adversaires de la Restauration
(elle en avait beaucoup) s'avisèrent de porter des chapeaux de feutre gris. C'était, vous comprenez, un signe
de ralliement, une cocarde. Tous ces mécontents faisaient ainsi de l'opposition et étaient bien aises de vexer
le gouvernement sans danger. Ils pouvaient de la sorte
se compter, et le gouvernement de Charles X n'avait
rien à dire, car, en bonne politique, on ne peut arrêter
un homme parce qu'il porte un chapeau de feutre
gris.

— Mais le zèle ? demanda Caldas.

— Nous y voici. Le ministre de l'Équilibre, qui était
à cette époque M. le comte de... ma foi, je ne me ⸙ ap

pelle pas son nom, fut informé qu'en province, un certain nombre d'employés de son ressort portaient cet
emblème du libéralisme.

— Y voyaient-ils malice ?

— Peut-être bien que non. Toujours est-il que le
ministre prit une feuille de papier et y griffonna la note
que voici textuellement, car je me la rappelle :

« *Prier MM. les chefs de service des départements*
« *d'engager leurs subordonnés à ne point porter de*
« *chapeaux de feutre gris.* »

— L'avertissement était paternel, remarqua Caldas.

— N'est-ce pas ? Mais la note du ministre tomba entre
les mains de son secrétaire, un homme fort zélé, et il
en changea légèrement la rédaction ; il écrivit :

« *MM. les chefs de service des départements veilleront*
« *à ce que leurs subordonnés ne portent plus à l'avenir*
« *de chapeaux de feutre gris.* »

Romain sourit.

— L'avis du secrétaire fut transmis à un chef de division, qui était zélé lui aussi ; il crut saisir la pensée
intime du ministre et la traduisit de la sorte :

« *MM. les chefs de service des départements feront*
« *savoir à leurs subordonnés que, conformément aux*
« *ordres de Son Excellence, il leur est interdit, sous les*
« *peines les plus sévères, de porter à l'avenir des cha-*
« *peaux de feutre gris.* »

— J'aime assez ce *crescendo,* dit Romain.

— Ecoutez-le *rinforzando,* reprit M. Deslauriers. Le
directeur auquel fut transmise cette circulaire était
zélé aussi ; il l'interpréta de la façon que voici :

« *MM. les chefs de service des départements notifie-*
« *ront à leurs subordonnés que, par ordre de Son Ex-*
« *cellence, il leur est absolument interdit de porter à*
« *l'avenir des chapeaux de feutre gris. Les contreve-*
« *nants seront destitués dans les vingt-quatre heures et*
« *poursuivis conformément aux lois.* »

— Et qu'arriva-t-il ? demanda Caldas.

— Peu de chose, les journées de Juillet.

— Savez-vous, reprit Romain, qu'il y a dans votre
histoire le sujet d'une comédie qu'on appellerait *le
Zèle ?*

— Vous croyez ?

— Permettez-moi de vous apporter le scenario : s'il vous convient, nous pourrons y travailler ensemble.

— C'est entendu, mon cher ami ; et quand me l'apporterez-vous, ce scénario ?

— Dans deux ou trois jours.

— A l'œuvre alors, vite à l'œuvre, dit le chef de bureau.

Caldas, qui causait depuis trois heures, se leva pour sortir et s'inclina respectueusement devant son supérieur.

— Pas de cérémonies entre nous, je vous en prie, mon cher collaborateur ; devant le monde vous m'appellerez monsieur Deslauriers, mais quand nous serons seuls, tu me diras : Saint-Adolphe !

XXXVII

Le bureau des Duplicatas, où Caldas était désormais condamné à passer ses journées, ressemble fort à l'étude d'un lycée. C'est une grande salle tapissée de cartons, meublée de quelques vieilles chaises dépaillées et de tables malpropres.

Les deux fenêtres donnent sur une cour qui n'est pas moins large qu'un puits ; on y verrait cependant assez clair en plein midi sans l'épaisse couche de poussière gluante collée aux vitres.

De même que dans une voiture, l'hiver, le voyageur, pour regarder une jambe qui passe ou voir l'heur d'une horloge publique, essuie par endroits sur les glaces la vapeur de la respiration, de même les employés du bureau des Duplicatas, pour observer ce qui se passe dans la galerie voisine, pratiquent des judas dans la crasse opaque qui recouvre la vitre, avec le bout de leurs doigts légèrement humecté de salive.

Ah! la poussière! comme la cendre du Vésuve qui a enseveli Pompéi, elle couvre de son linceul morne cette nécropole bureaucratique, et l'araignée file le crêpe de ce deuil.

D'où vient-elle, cette poussière?

Les balais des garçons de bureaux sont impuissants à la combattre; quant au plumeau mis à leur disposition, comme il leur faudrait lever les bras, ils ne s'en sont jamais servis.

Chaque matin les employés apportent à leurs souliers un échantillon de toutes les boues de Paris : il y a la boue noire et fétide de la rue du Four-Saint-Germain, cette boue dont M. Bertron tire de l'huile d'olive, et la boue crayeuse de Montmartre; il y a la boue rouge de la rue de Rivoli et la boue verte du Père-Lachaise.

A la chaleur du poêle toutes ces ordures sèchent et s'émiettent en pulvérin impalpable; l'atmosphère s'alourdit d'évaporations malsaines, de miasmes délétères. Le vent, quand on ouvre la porte avec violence, soulève des tourbillons comme le simoun dans le désert.

La caserne empeste le cuir, le crottin et le tabac; la sacristie a l'odeur affadissante de la cire et des cierges éteints; la gargote empoisonne le graillon, la viande et le vin; l'air nauséabond de l'hôpital soulève l'estomac : eh bien! les bureaux du ministère de l'Équilibre ont aussi leur odeur *sui generis*, odeur indescriptible et indéfinissable, où se mêlent et se confondent les plus horribles exhalaisons, l'eau qui cuit sur le poêle, la souris crevée entre deux dossiers, les débris en putréfaction des repas quotidiens oubliés dans les coins; l'haleine fétide, la sueur des habits qu'on change, le cuir des souliers qui rissolent près du feu, enfin les effluves de toutes les misères, de toutes les corruptions et de toutes les infirmités des gens qui y vivent. Aux vapeurs de cet odieux alambic s'ajoute la fumée des lampes qu'on allume en plein jour, et l'on est surpris de voir une lumière brûler dans un pareil milieu.

L'étranger qui entre dans le bureau est saisi à la gorge; il est frappé de vertige et chancelle comme le visiteur dans la grotte du Chien; il suffoque et demande de l'air comme l'asphyxié. Mais qu'il se garde bien d'ouvrir la fenêtre; les employés furieux la lui feraient refermer : une bouffée de brise les enrhume, et ils ne peuvent plus respirer dès qu'il y a de l'air.

Telle est la pièce où travaillait Romain ; on en compte quelques-unes de ce genre dans l'Administration. Cela tient au nombre trop grand d'employés qu'on y entasse pour les avoir tous sous la main. Ils étaient là dix qui noircissaient du papier, sans compter le commis principal installé à une table plus élevée, comme un pion de collége.

Cette cohabitation forcée rend l'existence épouvantable ; il en résulte des rapports dignes du Petit-Bicêtre.

Aussi Caldas dut renoncer à faire quoi que ce soit, il imita ses collègues. Impossible de travailler au milieu du bruit. Si par hasard l'un d'eux voulait se mettre à la besogne, les neuf autres commençaient une scie, et à force de tapage lui faisaient vite poser la plume.

Pour tuer le temps, Romain se résigna à observer ses collègues, comme un naturaliste observe à la loupe des helminthes. La collection était variée.

Le plus ennuyeux de tous était un jeune commis répondant au nom de Gobin. Celui-là faisait le désespoir de Caldas, qui ne pouvait ouvrir son pupitre ou remuer une feuille de papier sans l'avoir sur son dos.

Gobin est l'EMPLOYÉ CURIEUX.

Cet employé est informé de tout ce qui se passe dans le ministère et même ailleurs. Il doit avoir à ses ordres une police secrète. Dans son pupitre est un état fort exact du personnel. Il y suit pas à pas les promotions de tout l'Équilibre. En marge de l'état sont des notes à l'encre rouge, tout ce qu'il a appris sur le compte de Pierre ou de Paul.

On peut l'interroger avec plus de certitude que M. Le Campion, il se fait un plaisir de répondre.

Il sait les noms et prénoms de tous ses collègues, leur âge, le lieu de leur naissance, la date de leur entrée dans l'Administration. Il possède aussi leur biographie.

Il recueille les détails intimes. Il connaît le chiffre de fortune de celui-ci, le nombre des enfants de cet autre, il n'ignore pas le nom du protecteur de ce troisième. Il peut vous renseigner sur les amours de son sous-chef et vous conter les anecdotes scandaleuses qui circulent sur les femmes de deux ou trois commis principaux.

Ce Gobin est l'homme le plus affairé de l'Équilibre.

Le matin il pratique des visites domiciliaires dans les pupitres des camarades en retard. Pendant le déjeuner il fait sa tournée dans toute la maison.

Les garçons de bureau sont ses amis ; il écoute aux portes, fait bâiller les lettres et ramasse soigneusement tous les petits morceaux de papier perdus.

Cet homme dangereux compte pour avancer sur les petits mystères qu'il a su surprendre. On le redoute. C'est le chiffonnier des secrets.

* * *

Un chiffonnier dans un autre genre est l'Employé COLLECTIONNEUR.

Les lauriers de MM. Dusommerard et Sauvageot ont troublé les idées de ce brave homme.

Il a entendu dire qu'une collection d'objets, de quelque nature qu'ils soient, peut acquérir une grande valeur ; depuis lors il collectionne.

Il s'est condamné à recueillir les flacons, les fioles et les pots de pommade.

Ce bureaucrate inoffensif arrive tous les matins harassé au ministère ; il a fouillé avant de venir les boutiques des innombrables Auvergnats adonnés au commerce des détritus de Paris. Il dort la moitié du jour, rêvant de pots et de fioles chimériques.

Il est décidé, lorsque sa collection atteindra le numéro d'ordre 50,000, à en faire présent à l'État ; il espère en obtenir en retour un magnifique local au Louvre, vingt mille francs d'appointements, et le titre de Directeur du musée des Pots de pommade.

*
* *

L'Employé qui fréquente les théatres est un être tout à fait assommant. Sa conversation est un habit d'arlequin cousu des pièces qu'il a vu jouer : il a la spécialité des imitations, comme Brasseur.

Jadis le gnouf-gnouf de Grassot l'avait enthousiasmé, il a dit « mon dieur-je ! » comme Lassagne, et « mordioux ! » comme M. Mélingue.

Aujourd'hui il se mouche comme Paulin Ménier dans *la Fille du Paysan*, il éternue comme Got dans *les Effrontés*, il remue les jambes comme Dupuis dans *la Grande Duchesse*, et les bras comme Raynard dans *les Chevaliers du Pince-nez*.

Une seule fois dans sa vie il a su citer à propos, et du Scribe encore ! C'est l'an dernier, lorsqu'on lui a refusé de l'avancement.

— Sapristi ! j'y avais pourtant droit. Voilà cinq ans que je le demande !

* *
*

L'Employé malade est d'un voisinage plus désagréable encore. Son pupitre est une pharmacie, et il apporte, dit-on, dans une bouteille certain médicament cher aux malades de Molière.

Comme il est réellement valétudinaire, il passe pour un carottier.

* *
*

L'Employé timide est au moins réjouissant. Celui-là a peur de tout, et il ne met pas une virgule sans se demander sérieusement si elle ne doit pas nuire à son avenir administratif. C'est sans doute dans la crainte de se compromettre qu'il ne fait absolument rien.

* *
*

L'Employé fort de ses droits est l'avocat consultant du bureau ; il donne des conseils aux collègues et voudrait qu'une chambre syndicale de commis contre-balançât le pouvoir absolu du ministre.

On lui reprochait un jour de voler l'Administration en ne travaillant pas :

— On me paye, je donne mon temps, répondit-il fièrement, on n'a rien à exiger de plus.

* *
*

L'Employé qui reçoit mal le public est pénétré de son importance. Il traite les administrés du haut de son pupitre. C'est dans le bureau de cet employé qu'un jour entra le ministre lui-même ; il ne le connaissait pas, le reçut très-mal, et finit par l'envoyer promener. Le soir même ce bureaucrate incongru était congédié. Malheureusement on l'a remplacé depuis, et il y a long-temps que le ministre ne s'est promené incognito.

*
*

L'Employé ancien sous-officier tient sa canne comme un sabre et se coiffe le chapeau sur l'oreille; ne dit pas: « je vais déjeuner, » mais « je vais manger la soupe, » appelle l'heure de la sortie « la retraite» et le ministère « la caserne ; » écrit supérieurement la bâtarde et débauche les autres sous prétexte d'aller boire la goutte.

C'est du reste ce qu'on appelle un bon garçon. Et

voici un feuillet arraché au livre de sa dépense mensuelle :

JANVIER 1862.

Chambre.	9 fr.	50 c.
Cordonnier et tailleur . . .	14	00
Blanchissage	1	15
Pension	35	00
Tabac.	20	00
Absinthe, petits verres et autres	70	35
Total égal . . .	150 fr.	00 c.

*
* *

L'Employé qui a dépassé la limite d'age passe sa vie à lutter contre son extrait de naissance.

L'administration, qui n'est pas encore entrée dans les idées de M. Flourens, met à la retraite les employés qui ont plus de soixante-douze ans.

Le bureaucrate qui a franchi cette limite cherche continuellement à réparer des ans l'irréparable outrage, il affecte, pour faire croire à sa jeunesse, les airs d'un jouvenceau étourdi.

Il n'est sorte de ruses qu'il ne déploie.

Il y a deux ans, il s'est avisé d'annoncer par une lettre imprimée qu'il épousait une demoiselle de dix-sept ans. L'invention de ce mariage imaginaire eut un bon résultat, chacun se dit : « Ah ça, mais il n'est donc pas si vieux ! »

Cette année-ci il a fait part à toute l'Administration de la naissance d'un fils aussi fantastique que son mariage, et tout le monde de s'écrier :

« Voyez-vous, le gaillard ! »

Il a un fils, en effet ; mais ce rejeton, commis principal à l'Équilibre, a quarante-cinq ans.

Quelqu'un disait à ce fils :

— Votre père rajeunit donc tous les ans d'une année ?

— Ne m'en parlez pas, répondit-il ; si cela continue, je serai bientôt plus vieux que lui.

XXXVIII

— Monsieur, dit le garçon de bureau à Caldas, il y a une dame qui vous demande.

D'après les ordres de son ami, Mme Célestine ne pénétrait plus dans le bureau ; il avait fait ce coup d'État pour éviter d'être classé parmi les Lovelaces bureaucratiques, car l'administration de l'Équilibre est peuplée de Lovelaces. Ce sont de jeunes messieurs bien peignés et bien mis, qu'on prendrait pour des gandins, n'était la maudite genouillère. Ils donnent dans la journée des rendez-vous à des dames ébouriffantes de toilette qui viennent avec des petits chiens sous le bras. Ils trouvent que ça les pose.

Caldas, qui ne tenait pas à être posé, courut au café de l'Équilibre rejoindre l'ingénue de Grenelle.

— Cher Romain, lui dit-elle dès qu'il entra, je viens te demander un petit service.

— Pourvu qu'il ne soit pas en argenterie, dit Caldas qui a déjà imprimé dix fois le mot dans le *Bilboquet*.

— Mon ami, c'est aujourd'hui la fête de mon propriétaire.

— Il s'appelle donc Huit Avril, ton propriétaire ?

— Juste, mais il a encore trois autres noms de baptême ; il se fait souhaiter sa fête quatre fois l'an.

— Et tiens-tu beaucoup à la lui souhaiter, sa fête ?

— Oh ! c'est lui qui paraît tenir à la chose ; il m'a fait gracieusement avertir par un de ses amis qui est huissier.

— Bigre ! et combien te faut-il ?

— Il ne me manque que trente-cinq francs.

— C'est grave, dit Romain en portant la main à sa poche avec un geste désespéré ; est-ce que son ami n'attendrait pas ?

14.

— Oh ! si, il attendra dix jours pour vendre mes meubles !

— C'est impossible, je ne saurais plus où reposer ma tête. Attends-moi, je remonte négocier un emprunt.

C'est au riche Gérondeau que Caldas s'adressa :

— Vous voulez deux louis, lui dit l'opulent expéditionnaire, je suis bien gêné dans ce moment-ci, j'ai mis mes boutons de diamant au clou pour payer la différence de mes Nord.

— Pauvre homme ! fit Caldas vexé, je vous plains beaucoup.

— Oui, je suis fort à plaindre, en effet, mais je sais me sacrifier pour mes amis, moi ; j'ai trop bon cœur pour vous laisser dans l'embarras. Asseyez-vous là, faites-moi un billet, et demain je vous apporterai les fonds.

— Comment, un billet, vous plaisantez ?

— Mon petit, voyez-vous, ce n'est pas que je me défie, mais on ne sait ni qui vit ni qui meurt. Si vous veniez à mourir, je pourrais attaquer votre famille.

— Soit, je vais vous donner ma signature, mais il faut de l'argent séance tenante.

— Oh ! impossible alors, n'en parlons plus !

Et Gérondeau s'éloigna joyeux en marmottant entre ses dents :

— Je l'ai échappé belle !

Dans sa désolation, Caldas songea à Basquin ; il tombait mal.

— Pour qui me prenez-vous ? lui dit le calligraphe ; vit-on jamais employé de l'Équilibre possesseur de trente-cinq francs après le six du mois ! Les bureaucrates rangés sont en retard d'un mois seulement, les autres sont en retard d'une année.

— Il me faut de l'argent à tout prix, dit Romain.

— Achetez une montre.

— J'y ai pensé, mais je n'aurais pas le temps de réaliser. Le créancier attend.

— Écoutez, il y a encore deux moyens : empruntez au garçon de bureau usurier, ou faites-vous faire une avance sur la caisse.

— Je ne suis pas financier, dit Caldas, lequel de ces modes d'emprunt vaut le mieux ?

— Cela dépend de la somme et des circonstances. Le

garçon de bureau usurier est bon enfant ; il aime les employés, et comme il est chagrin de les voir gênés, il se plaît à leur avancer ses petites économies. On le règle en billets à un, deux ou trois mois, ou on lui donne une délégation sur les appointements ; vous le voyez, c'est très-commode.

— Honnête garçon de bureau ! dit Caldas, fait-il payer cher ses petits services ?

— Oh ! non, il demande à peine vingt pour cent par mois.

— C'est pour rien. Parlons du caissier : il fait donc des avances ?

— Oui, aux gens qu'il connaît, c'est pure obligeance de sa part. Comment, vous ne le saviez pas ?

— Heureusement, dit Romain.

— Eh bien ! je vais vous présenter à lui.

Le caissier refuse rarement aux employés un léger service dans le courant du mois.

Est-il autorisé par l'Administration ? on n'en sait rien.

Mais on n'a pas souvent recours à lui, on préfère s'a-dresser au garçon de bureau usurier. Il est de fait qu'en tirant sur la caisse, on contracte une obligation, et la reconnaissance est un fardeau lourd à porter.

Avec le garçon usurier, on a le droit de se croire parfaitement quitte lorsqu'on a payé deux cent quarante pour cent par an.

Le caissier reçut parfaitement Caldas et lui donna gracieusement ce dont il avait besoin; le propriétaire de M⁽ˡᵉ⁾ Célestine dut être content.

C'est un mauvais service que rendit là Basquin à Caldas. Depuis ce jour, celui-ci mangea ses appointements en herbe.

C'est vers le 3, d'ordinaire, qu'il commençait à demander des avances. Mais il comptait, pour rétablir ses affaires, sur sa pièce du Théâtre-Français et sur celle qu'il faisait en collaboration avec Saint-Adolphe.

Il était d'ailleurs au mieux avec le caissier. Parfois il allait lui tenir compagnie derrière sa grille et il s'amusait à regarder les visages des gens qui venaient toucher.

C'est là qu'un jour d'émargement, il vit un monsieur bien mis qui présenta un bon et reçut en échange cinq cents francs.

— Quel est ce monsieur? demanda-t-il au caissier, et pourquoi lui donne-t-on tout cet argent?

— Comment pourquoi? c'est un de nos collègues.

— Mais je ne le connais pas, moi qui connais tout le monde ici! Ne vient-il donc jamais?

— Parbleu si, tous les trente ou trente et un du mois.

— Que fait-il alors? qui est-ce?

— Mon cher, murmura le caissier, c'est l'Employé QUI REND DES SERVICES.

XXXIX

Le Zèle, comédie en quatre actes, en prose, par MM. Saint-Adolphe et Romain Caldas, allait être terminé et présenté à M. de Chilly.

M. Deslauriers, qui n'est pas un collaborateur pour rire, avait vigoureusement pioché. Il avait bel et bien mis pour sa part deux mots plaisants qui n'étaient pas drôles du tout. De plus il avait recopié de sa plus belle écriture les deux premiers actes.

Il achevait la copie du troisième un matin, lorsque Caldas entra.

— Cher Saint-Adolphe, dit le jeune homme, nous

n'en finirons jamais, si vous me laissez dans le bureau où je suis. Il faut absolument me mettre ailleurs.

— Ah! si je pouvais te faire travailler dans mon propre bureau, dit tristement Saint-Adolphe, je voudrais faire concurrence à Sardou et devenir le marquis de Carabas du boulevard. Malheureusement c'est impossible.

— Pourquoi? demanda Romain.

— Parce que ce n'est pas l'usage, et que l'usage est le tyran de l'Équilibre. Ah! tu ne connais pas nos bureaucrates, mon ami! l'usage les guide comme le caniche guide l'aveugle, et ils vont en aveugles, en effet. L'usage pour eux, c'est le transparent qu'on donne aux enfants qui s'exercent à écrire. La routine est leur foi, ils ont pour l'innovation l'horreur qu'éprouve pour l'eau la bête enragée. Avant de faire la moindre broutille, l'employé se gratte la tête. Vous croyez qu'il réfléchit? non; il se demande : « — Cela s'est-il déjà fait? »

Cela s'est-il fait? voilà le grand mot.

Vous venez proposer quelque chose de grand, de beau, d'utile, d'indispensable, ou vous demande d'abord : « — Cela s'est-il fait? — Non. — Alors, serviteur. »

Vous insistez, vous prouvez qu'il fait jour à midi au

mois de juin. A quoi bon? Cela ne s'est jamais fait. Aussi, chaque année, dans les mêmes circonstances, on voit se reproduire les mêmes boulettes. Cela s'est fait, cela se fera. Tout est gravé, stéréotypé, cliché. Vous avez, vous, une lettre de dix lignes à écrire, vous prenez la plume ; votre sous-chef arrive :

« — Malheureux, que faites-vous? dit-il, il y a un précédent.

« — A quoi bon ? répondez-vous, la chose est simple comme bonjour, j'aurai fini dans cinq minutes.

« — Ce n'est pas ainsi qu'on procède, réplique le sous-chef, il y a un précédent, il faut le trouver. »

On cherche, on fait fouiller vingt bureaux, quatre cents cartons, on remue des dunes de poussière, on dérange cinquante employés et on ne trouve rien.

— Et que fait-on alors? demanda Caldas.

— On en revient à votre première idée. La lettre est écrite en cinq minutes ; on a perdu trois jours, mais on a sauvegardé LA TRADITION ADMINISTRATIVE.

XL

— Prenez patience, avait dit M. Deslauriers à Caldas, restez encore quelque temps dans la pièce où vous êtes. Je vais m'occuper de vous et tâcher de vous bien caser.

Infortuné chef de bureau !

Il ne réussit pas à obtenir pour Romain la place qu'il demandait, mais on lui en donna une à lui-même qu'il ne demandait pas.

Il fut nommé sans avancement au bureau de la Dette. C'est à l'administration de l'Équilibre, qui est très-pauvre, le moins chargé de tous les services. On le consi-

dère comme un cul-de-sac, et on y fourre les chefs
dont on est mécontent.

M. Deslauriers, qui se flattait d'arriver au poste de
chef de division, fut frappé au cœur de cette disgrâce.
Il poussa les hauts cris, se remua, réclama. Trop tard.
Le pape n'est pas seul infaillible : Son Excellence avait
signé.

Il voulut au moins savoir pourquoi on l'envoyait chez
les Sarmates, et, après une enquête souterraine, il
apprit toute l'histoire de ce terrible coup de Jarnac.
M. Deslauriers, tandis qu'il sommeillait dans la quiétude, avait pour sous-chef un homme que l'envie empêchait de dormir. Ils avaient toujours été fort bien
ensemble, car le malheureux chef ne soupçonnait même
pas le caractère cauteleux de son subordonné.

Cet envieux, nommé Cluche, qui réussit longtemps à
se faire passer pour un brave homme, est par excel=
lence le SUPÉRIEUR SOURNOIS.

Affable et traitant en apparence son monde sur le
pied de la camaraderie, il se fait un plaisir de desservir
dans l'ombre les naïfs qui ont eu l'imprudence de se
fier à lui. Qu'un employé se mette dans son tort, il
l'excuse et le rassure, mais à la fin du mois il charge
son dossier d'une note accablante. Il accorde volontiers
la permission de s'absenter, et si l'on s'absente, il ne

manque pas de faire un rapport. C'est l'homme des
coups de couteau dans le dos.

Ce Cluche s'ennuyait d'être sous-chef. Il avait plusieurs fois fait valoir ses droits à l'avancement. Il ne
lui en était rien revenu.

C'est alors qu'il jeta les yeux sur la place de M. Deslauriers. On appelle cela à l'Équilibre : *convoiter les
souliers d'un mort*. Certaines gens ne sont à l'aise que
dans ces chaussures-là. Cluche imagina une combinai-
son assez ingénieuse, il dressa ses batteries, et un
beau matin l'Administration s'aperçut que le chef du
bureau de la Dette avait depuis onze ans dépassé la
limite d'âge. On s'empressa de réparer cet oubli, et on
mit l'oublié à la retraite.

L'Administration cherchait sur son Livre-Noir un
chef mal noté à envoyer en disgrâce, lorsqu'elle apprit
à propos que Deslauriers, non content de compromettre dans les coulisses la dignité de l'Administration,
collaborait avec ses propres employés, et ce, pendant
la séance, à verroux tirés.

— Voilà l'homme à sacrifier, se dit-elle.

Le jour même où était signée la déportation du vau-
devilliste, Cluche arrivait juste à point pour demander
sa succession. Il l'aurait obtenue sans un de ces coups

de fortune qui renversent les plans les plus savamment conçus.

Un protecteur influent qu'il avait mourut dans la nuit d'une indigestion. L'affaire s'était ébruitée dans l'intervalle, et deux autres sous-chefs arrivèrent à la curée.

Ah! l'Administration fut bien embarrassée! Les protecteurs des deux nouveaux venus avaient juste autant de crédit l'un que l'autre. Devant deux employés d'un mérite si parfaitement égal, on prit un moyen terme, et un quatrième, qui n'avait rien demandé et qui ne s'y attendait guère, eut la place.

Il se trouva qu'il la méritait.

XLI

Cette promotion mit sens dessus dessous le bureau des Duplicatas. M. Castelouze, le nouveau chef, tenait à faire autrement que son prédécesseur. Ce n'est pas qu'il changeât rien au fond, mais il modifia singulièrement la forme : là où on se servait de fiches, il employa des registres, et réciproquement. Il fit plus : on écrivait sur les répertoires les chiffres d'ordre à droite et à l'encre rouge, il décréta qu'on les écrirait à gauche et à l'encre bleue.

Ces réformes si radicales firent crier les mauvais esprits.

En dépit de la routine, tous les chefs en agissent ainsi, à l'Équilibre, afin d'imprimer au travail qu'ils dirigent un caractère de personnalité.

M. Castelouze, l'homme aux chiffres à gauche, n'est pas le premier venu. Il a su se créer dans l'Administration la renommée d'un spécialiste. C'est l'homme des affaires litigieuses, des créances douteuses, des négociations délicates.

C'est au bureau qu'il vient de quitter (le service des Recouvrements) qu'il a pris l'habitude de considérer le public comme un gibier. Il chasse, pour le compte de l'Administration, avec le désintéressement du chien bien dressé qui rapporte la perdrix dont il n'aura même pas les os.

Il n'est pas de Normand madré, d'avoué retors qu'il ne puisse rouler sur son terrain, et il ne s'en fait pas faute. Autrefois, aux débuts de sa carrière, le zèle de Castelouze était tout politique. Quand il avait fait rentrer dans la caisse de l'Administration un franc dix centimes sur lesquels elle ne comptait pas, quand il avait découvert la fraude d'un administré, il s'en réjouissait comme de titres à l'avancement. Avec le temps, il s'est passionné, et ce qu'il en fait maintenant n'est plus du tout dans l'intérêt de son ambition ou dans celui de l'État, il agit pour son plaisir personnel; il fait de l'art pour l'art. Mais quel flair! quelle subtilité! quelle ardeur! Un rien le met sur la trace ; et quand il tient une piste, il arrive toujours jusqu'au gîte. Ah ! qu'il est heureux quand il a levé un lièvre, heureux quand il l'a forcé !

Le lièvre, c'est le débiteur.

Et il ne s'en prend pas seulement aux affaires présentes, il remonte dans le passé, à dix ans, quinze ans; il remonterait au déluge, sans la loi sur la prescription. Il fouille les vieux dossiers, se roule dans la poussière des cartons oubliés, et ce n'est jamais en vain qu'il bat ainsi le passé. Son sens de chasseur ne le trompe jamais ; il évente des fumées insaisissables pour tout autre, et comme l'ogre il dit d'un ton joyeux : — Ça sent la chair fraîche !

Et le débiteur, qui dormait paisible sur une fraude vieille de dix ans, est tout surpris un matin de voir arriver un avertissement qui l'engage à se présenter dans la huitaine au bureau pour se libérer.

Pour nombre d'employés qui ne font pas leur devoir, il fait, lui, plus que son devoir. Il outrepasse ses droits, souvent au mépris de la justice ; il abuse de l'ignorance de l'un, de la faiblesse de celui-ci, et de l'incurie de ce troisième. Il prie, il menace, il est impitoyable, et pour que l'Administration ne soit pas lésée, il lèse au besoin le public.

On connaît bien son penchant à l'Équilibre, et un

chef de division, qui comme M. Dupin cultive le calembour, disait en parlant de Castelouze : Il a le regard *fisc*.

En réalité Castelouze a l'œil de l'oiseau de proie ; son nez est busqué comme le bec de l'aigle ; il a la dent blanche et pointue du carnassier; ses aptitudes morales ont modifié son physique ; il a la tête fureteuse et des allures de limier ; il ne marche pas, il quête ; sa narine mobile semble prendre le vent. Quand il se pose, il tombe en arrêt, la tête allongée en avant, les épaules infléchies, les jambes légèrement ployées sur le jarret, les bras prêts à saisir la proie.

Malgré toutes ces qualités de race, les capacités de Castelouze ne s'élèvent pas au-dessus d'un certain ordre ; il a les vues bornées, comme tous les gens qui se passionnent, et il est entêté comme les hommes à idées fixes. En dépit du mouvement qu'il se donne et des services qu'il rend, on ne le considère pas en haut lieu comme un des Directeurs de l'avenir.

C'est de lui que le ministre disait :

— Il bat des ailes, mais il ne vole pas.

15.

XLII

Le passe-droit dont M. Deslauriers avait été victime fit à Caldas le plus grand tort.

Quand on est employé, à l'Équilibre, on commet une faute grave si on se lie d'amitié avec un autre employé, quel qu'il soit, supérieur ou subalterne. Jamais on ne partage, en effet, la bonne fortune de cet ami, si la faveur enfle ses voiles; on est toujours éclaboussé par sa disgrâce, s'il vient à sombrer.

Caldas apprit cette belle maxime d'un jeune commis, fils d'un garçon de bureau, qui avait été élevé par son père dans la crainte de Son Excellence et de la hiérarchie.

Ah ! c'était un bon père, ce garçon de bureau, et surtout un homme convaincu. Du jour où son fils fut nommé commis, il le salua dans la rue et ne lui parla plus qu'avec vénération.

La Hiérarchie avec la Tradition, voilà les deux pivots de l'Équilibre. Aussi l'Administration s'efforce-t-elle de multiplier entre tous les grades les lignes de démarcation, et c'est elle-même autant que l'orgueil personnel qui creuse un abîme entre le supérieur et son subordonné.

Le caractère national aussi y aide beaucoup, et le Français, qui est fou d'égalité, est bien aise d'avoir quelqu'un à saluer avec déférence, à la condition d'avoir quelqu'un à regarder avec mépris.

La politesse jette une planche sur ce gouffre qui sépare deux hommes d'un grade différent, mais c'est une planche pourrie qui rompt au moindre effort. Quelle que soit l'urbanité de l'un et de l'autre, dans la rue, à table, dans un salon, vous distinguerez à coup sûr le chef de son inférieur.

La familiarité de ce dernier, quoi qu'il fasse, aura quelque chose de courtisanesque ; ce ne sera qu'une nuance, mais on pourra la saisir, et l'intimité de l'autre aura toujours l'air d'une condescendance.

Entre les hommes, cependant, il faut un observateur
pour deviner ces sous-entendus. Mais de femmes à
femmes, quelle hauteur d'un côté, quelle humilité ré-
voltée de l'autre !

En dehors de l'Équilibre, il y a tout un ministère en
jupons ; il y a madame la directrice et madame la
cheffe de division, la *cheffe* de bureau et la *sous-cheffe ;*
le reste ne compte pas. On invite parfois la femme du
commis principal, qui ce jour-là met sur son dos trois
mois des appointements de son mari, mais c'est une
exception.

Quant aux commis et aux expéditionnaires, on a soin,
si on les invite, d'oublier mesdames leurs épouses.

La hiérarchie féminine est toujours une puissance,
et l'employé de l'Équilibre arrivé par les femmes prouve
que les jeunes gens qui vont dans le monde n'ont pas
tort.

Par malheur le beau sexe est mauvais juge des capacités, et les dignitaires qu'il fait ne payent souvent que
de mine. Ce n'est pas au théâtre seul que l'emploi des
jeunes premiers va s'effaçant de jour en jour, Caldas,
qui fréquentait peu les salons administratifs, ne put
observer ces choses que de loin. Il n'espérait point arriver par les femmes ; comme il visait haut cependant, il

cherchait à se rendre bien compte de tous les rouages
de l'immense machine bureaucratique. A ses instants
perdus il la démontait, cette machine, pour son instruction particulière, à peu près comme on démonte
un tourne-broche.

Il y découvrit un mouvement très-simple, fonction-
nant très-régulièrement, mais surchargé et entravé
par beaucoup de ressorts inutiles et d'engrenages su-
perflus. Peut-être l'Administration n'a-t-elle pu éviter
ces mille et une complications dans son mécanisme.
Dans les bureaux, qui véritablement sont restés les
mêmes depuis Colbert, il s'est toujours trouvé des
hommes qui ont su exploiter à leur profit les besoins
du moment. La nécessité passée, le bureau créé reste,
et pour lui donner alors une apparence d'utilité, on
détourne les affaires et on les y fait passer, à peu près
comme on fertilise un champ en saignant une ri-
vière.

Le nombre toujours croissant des services tient
encore à deux causes :

A la manie qu'a la petite bourgeoisie de pousser ses
enfants dans l'Administration. Elle croit leur avoir
donné un état libéral quand elle leur a posé une plume
derrière l'oreille. Le négociant enrichi s'imagine grandir dans son héritier quand il a réussi à le faire entrer

au ministère. Ce fils ira dans le monde officiel, il sera
un personnage. Et la croix d'honneur ! il est sûr de
l'avoir dans un temps donné.

Les ministères assiégés se défendent comme ils peuvent, ils multiplient les obstacles devant leurs portes.
Ils font tout pour décourager ; ils exigent des titres
nouveaux ; ils augmentent chaque année la difficulté
des examens. L'ardeur ne se ralentit pas. Cependant
les ministères semblent crier :

« Bourgeois mesquins, gardez donc vos enfants.
N'en savez-vous donc que faire? L'agriculture manque
moins de bras que de têtes. L'industrie a besoin de
renforts? le commerce va croissant tous les jours. Que
me chantez-vous donc avec votre profession libérale?
L'homme qui gagne six mille francs par an dans un
bon métier est financièrement plus riche que l'employé
appointé à dix mille. Je ne peux pas vous enrôler tous,
il faut bien qu'aux administrateurs il reste quelques
administrés. »

L'autre cause provient de l'esprit de défiance naturel au peuple français. Ce gros mot de concussion
est un épouvantail ruineux. Lui qui admire la bureaucratie, voit toujours dans ses cauchemars des employés puisant à pleines mains dans les caisses publiques, et, pour se délivrer de cette obsession, il a
multiplié le contrôle à l'infini. Il paye tous les ans quinze

millions dans la crainte qu'on ne lui prenne vingt-cinq centimes.

Aussi l'Administration française est la plus régulière et la plus honnête qu'il y ait au monde. Ce résultat coûte un peu cher, mais la France est assez riche pour payer sa vertu.

Pour en revenir à l'Administration de l'Équilibre, elle est minutieuse et fouilleuse, chercheuse, méticuleuse, soigneuse, éplucheuse, ombrageuse, fureteuse, contrôleuse, mais par-dessus tout consciencieuse.

Elle est aussi tracassière, paperassière, écrivassière, coutumière, cartonnière, mais avant tout régulière.

Pour obtenir la solution de la moindre affaire, il y faut vingt visas et quarante contrôles ; le solliciteur est renvoyé de Pilate à Caïphe ; chacun reconnaît qu'elle est juste, mais personne n'épouse sa cause, tous les employés s'en lavent les mains (au figuré), et sa passion dure parfois des années entières.

S'il se fâche, ce bon solliciteur, s'il s'irrite :

— Votre affaire viendra en son temps, lui répond-on, elle suit :

LA FILIÈRE ADMINISTRATIVE

Quand les maçons construisent une maison, pour monter les briques ou les moellons du sol jusqu'au dernier étage, ils dressent une échelle, se placent sur les divers échelons et se passent les briques de mains en mains. Les maçons sont paresseux, mais les entrepreneurs sont rusés. On calcule donc les distances et l'on met juste le nombre d'hommes nécessaire, ni trop ni trop peu, pour que les matériaux arrivent rapidement à leur destination, avec le moins de fatigue possible pour les travailleurs, afin qu'ils travaillent longuement.

La filière administrative, au ministère de l'Équilibre, était au début quelque chose d'analogue : l'organisation du travail, divisé pour arriver à une somme de travail plus grande et plus rapide.

Mais les hommes de génie qui ont créé l'administration de l'Équilibre comptaient sans les abus.

Chaque année est venue ajouter un rouage inutile à la machine ; la centralisation, géant aux mille bras, a tout absorbé et tout compliqué.

Aujourd'hui la filière est un labyrinthe inextricable dont il est difficile de sortir sans fil conducteur.

Une affaire est présentée à un bureau. Vous croyez
peut-être qu'elle va s'y traiter? point ; s'y préparer au
moins? pas encore. Nous avons, s'il vous plaît, quelques petites formalités à remplir, oh ! mon Dieu ! moins
que rien. Il faut d'abord prendre l'avis de trente autres
bureaux. Quand on a colligé ces trente avis différents,
un grand pas est fait. Nous entrons dans une phase
nouvelle, il s'agit maintenant de consulter les fonctionnaires spéciaux, commissionnés *ad hoc*.

Nouveaux délais; autres consultations.

Des incidents sans nombre peuvent surgir ; mais passons, et supposons encore ce temps d'arrêt franchi.
Voici enfin le bureau saisi régulièrement avec toutes
les pièces à l'appui. Il va s'occuper de vous; mais patience, il s'en occupera quand votre tour sera venu.
Enfin il est arrivé, votre tour. On traite l'affaire, on en
décide. Ce n'est point encore fini. Le bureau propose,
mais le chef dispose. Et quand le chef a disposé, il faut
encore que le chef de division confirme, après quoi
vous avez grande chance de voir enfin la chose aboutir, à moins que l'autorité supérieure ne juge qu'on a
fait fausse route, auquel cas tout est à recommencer.

Caldas connut à fond la filière administrative à l'occasion d'un sien cousin qui depuis sept ans activait au
ministère de l'Équilibre la liquidation d'une indem-
nité.

Comme ce cousin était pressé, comptant là-dessus pour manger, il venait dans les bureaux tous les deux jours. Par bonheur il rencontra Romain, qui en moins de cinq semaines obtint une solution.

L'argent arriva fort à propos. Le cousin étant mort de faim la veille, il servit à le faire enterrer.

XLII

Autrefois, lorsque les chemins de fer n'avaient pas détrôné la malle pour le transport des dépêches, les maîtres de poste et les postillons distinguaient quatre espèces de chevaux.

D'abord le cheval emporté : celui-là s'épuisait en efforts, tirait comme un diable à plein collier, aux montées, aux descentes, toujours et partout ; il rentrait à l'écurie, trempé d'écume et de sueur, il durait peu. Pour modérer son ardeur, on tapait dessus.

Ensuite le cheval quinteux : il tirait ou ne tirait pas, suivant son caprice. Il faisait un mauvais usage. On tapait dessus.

Puis la rosse : c'était un mauvais cheval qui ne tirait jamais, il succombait bientôt aux mauvais traitements. On tapait, on tapait dessus.

Enfin le bon cheval : il tirait quelquefois, quand il ne
pouvait faire autrement, mais il avait toujours l'air de
tirer ; il allait d'un train égal, la tête basse, regardant
sournoisement le cheval quinteux qu'on rouait de
coups, et le cheval emporté qui faisait toute la besogne. Il rentrait à l'écurie sans un poil mouillé. Eh
bien ! il était considéré, on lui donnait double ration
d'avoine ; il durait dix ans : on ne tapait pas dessus.

Quatre bons chevaux attelés à la malle, et la malle
n'aurait pas roulé.

Cette parabole peut s'appliquer à l'administration de
l'Équilibre, si ce n'est que jamais elle n'a tué employé
de travail. Sa conscience à cet égard ne lui reproche
rien.

Donc, à l'Équilibre, on divise aussi les bureaucrates
en quatre classes :

L'EMPLOYÉ FERVENT : il a encore le beau feu de ses
débuts.

L'EMPLOYÉ TIÈDE : il se soucie médiocrement de l'Administration et le laisse voir.

LE MAUVAIS EMPLOYÉ : il a jeté son bonnet par-dessus les moulins et ne compte plus que comme un zéro.

Le bon employé : il est, pour tout ce qui touche l'Administration, d'un désintéressement sublime ; il se soucie de la besogne comme de Colin-Tampon, mais, comme le bon cheval du maître de poste, il a toujours l'air de tirer ; il est considéré, il a l'estime de ses chefs et, ce qui lui plaît davantage, des gratifications au jour de l'an.

Caldas, depuis l'affaire Saint-Adolphe, passait pour un employé tiède, et, sans doute pour l'encourager à rentrer dans le droit chemin, on le désigna pour faire partie du

BUREAU DES MAUVAIS SUJETS

Le bureau des Liquidations jouit, depuis la fondation de l'Équilibre, de la plus détestable des réputations.

Il est convenu que du matin au soir les employés y font une vie d'enfer.

A une certaine époque ce service n'était composé que de vieillards tristes et laborieux ; mais telle est la force du renom, que ces pauvres diables passaient pour des diables-à-quatre.

Ils sont aujourd'hui remplacés par une majorité de

jeunes gens qui ont à cœur de ne point faire mentir
la tradition.

Ce bureau est le salon de conversation du ministère.
C'est le rendez-vous des oisifs ; on y cause, on y joue
au bouchon, on y fait la partie de piquet, on y boit de
la bière toute la journée. Là s'organisent les pique-
niques, se machinent les mauvaises plaisanteries, s'éla-
borent les charges. On y blague l'Administration à
outrance ; on y parle politique avec de grands éclats de
voix, et souvent on s'y prend aux cheveux.

En dépit du tapage, des conversations à douze, des
visites continuelles, des chansons en chœur, des ba-
tailles, la besogne marche fort bien dans ce bureau, le
plus chargé de tout le ministère et le seul qui ait à
traiter des affaires sérieuses et délicates.

Le chef de ce bureau est le plus formaliste des hommes. Les honneurs administratifs lui ont monté au
cerveau, et il porte la tête comme un Saint-Sacrement.
C'est lui qui fait toujours faire antichambre un quart
d'heure à tous ses subordonnés, surtout à son sous-
chef, afin de bien établir la ligne de démarcation.

Il est au plus mal avec ses employés, dont il a vainement essayé de réformer la tenue. Il évite d'entrer
dans leur pièce ; il est vrai que s'il y pénètre quelquefois, la présence de cet homme digne n'arrête ni les

joux, ni les ris. Sa figure glacée ne les intimide pas plus que les mannequins dans les cerisiers n'effarouchent les oiseaux.

Le sous-chef de ce service passe sa vie à porter des paroles de paix des employés au chef de bureau, et réciproquement ; il discute les trèves et les armistices ; c'est le négociateur juré.

L'entrée de Caldas dans ce bureau inaugura une recrudescence de visites et par conséquent de vacarme.

Il amena toute sa clientèle, Jouvard, l'aimable Sansonnet, les bureaucrates Tant-pis et Tant-mieux, Gérondeau, Basquin qui venait quatre fois par jour, et bien d'autres encore.

On comptait sur le rédacteur du *Bilboquet* pour organiser des scies désopilantes ; mais il se trouva que Romain goûta modérément les excellentes plaisanteries de ses collègues. Ils venaient de faire mourir de chagrin un pauvre vieil employé égaré parmi eux. Ils étaient en train d'en envoyer un autre à Charenton.

Le vieillard qui avait succombé aux farces de ces messieurs était un brave homme, isolé, sans famille, qui n'avait que sa place pour vivre.

Il n'était pas fort, et les employés, qui tous pétillent d'esprit comme on sait, sont impitoyables pour les pauvres d'esprit.

Le père Germinal, comme on l'appelait à l'Équilibre, devint leur souffre-douleur. On commença par de petites tracasseries, on trempait ses plumes dans l'huile ; on mettait du sable dans son écritoire ; on lui attachait des queues de papier au collet de sa redingote ; on cousait les poches de son paletot.

Si parfois il s'endormait, on l'éveillait en sursaut en arrosant d'eau froide son crâne dénudé. Mais comme il souffrait en silence, comme il n'osait se plaindre, on passa à des charges plus fortes.

On lui persuada que l'Administration était décidée à supprimer son emploi (le pauvre homme n'avait pas droit à la retraite). De ce moment il ne vécut plus.

Comme ses tristesses et ses inquiétudes n'étaient pas encore assez risibles, on s'arrangea de façon à lui faire croire qu'il avait à l'Équilibre la réputation d'un mouchard. Soixante employés au moins, qui avaient reçu le mot, trempèrent dans cette excellente bouffonnerie.

Tout d'abord on battit froid au père Germinal ; on se taisait quand il entrait ; on chuchotait en sa présence ; on affectait de le regarder avec défiance ; on évitait sa société. Inquiet de ces procédés, le bonhomme s'enhardit jusqu'à en demander la cause à celui de tous ses collègues qui l'effrayait le moins.

Celui-ci haussa les épaules.

— Vous savez bien ce dont il s'agit, lui répondit-il avec mépris.

— Moi, je vous jure que je ne sais rien !

— Allons donc ! reprit l'impitoyable farceur, on sait que vous êtes la créature de notre chef, et on n'ignore pas que vous lui faites des rapports sur nous.

Cette révélation consterna Germinal. Il se voyait, lui innocent, accusé d'infamie, odieux à tous et perdu de réputation. Pendant quatre ou cinq jours, à moitié fou de douleur, il n'osa plus reparaître au ministère ; la réprobation générale l'épouvantait.

Enfin, un matin, il se décida à venir ; fort de sa conscience, il voulait se disculper.

Devant tous ses collègues, il entreprit, d'une voix émue et les yeux pleins de larmes, de prouver l'injustice des soupçons dont il était victime.

Son plaidoyer fut vraiment grotesque, mais ne désarma personne. On lui répondit qu'on n'était pas dupe de ses pleurnicheries.

Un des plaisants l'appela :

— Vieux Judas !

16

Sur ce mot il sortit au milieu des huées, rentra chez lui et se pendit.

Ce résultat n'a pas refroidi complétement les farceurs, et c'est maintenant après M. Givrod qu'ils s'acharnent.

Monsieur Givrod, qui est aussi naïf que feu Germinal, donne tête baissée dans tous les panneaux qu'on lui tend. Voici la dernière mystification dont il a été victime ; on en rit encore à l'Équilibre.

Un matin un des employés du bureau arrive avec un journal dans sa poche. Le feuilleton de ce journal rendait compte d'un concert donné par un célèbre flûtiste qui porte le même nom qu'un chef de division de l'Équilibre.

— Messieurs, commença cet employé, vous savez que notre chef de division est de première force sur la flûte.

— Ah bah ! fit Givrod.

— Comment ! vous l'ignorez, continua le farceur. Hier soir il a donné un concert à la salle Herz et a obtenu un succès étourdissant. Lisez ce qu'en dit M. Scudo.

Le journal passa de main en main et arriva jusqu'à Givrod, qui de sa vie n'avait été si étonné.

— Messieurs, proposa alors un camarade, en présence d'un tel triomphe il est, je crois, de notre devoir de complimenter notre chef de division.

— Croyez-vous ! demanda Givrod.

— Nous n'en doutons pas, s'écrièrent tous les autres, et, dans l'intérêt de notre avancement, chacun de nous doit aller à son tour le féliciter.

Tous sortirent en effet l'un après l'autre. En revenant tous déclaraient que le chef de division avait paru extrêmement sensible à leur démarche.

Givrod veut faire comme tout le monde. Il court au bureau du chef de division, insiste auprès du garçon pour être admis, et a le bonheur enfin d'y pénétrer.

— Ah ! Monsieur ! s'écrie-t-il dès le seuil, permettez-moi de joindre mes félicitations à celles de mes collègues. Quel admirable talent vous avez !

— Que voulez-vous dire? demande le chef surpris.

— Oh ! ne vous en défendez pas, continue Givrod d'un air fin, j'y étais, je vous ai vu. Quelle embouchure ! quel doigté !

Le chef de division tombait des nues.

— Ah ! c'est plus fort que Tulou, reprend Givrod ; et

faisant le geste d'un homme qui joue de la flûte : Monsieur, laissez-moi vous le dire, vous en pincez comme personne !

Le chef qui n'est pas patient, convaincu que l'infortuné est ivre ou fou, sonne et le fait mettre dehors.

Givrod revient au bureau fort piteux, et ses camarades lui prouvent qu'il aura blessé son supérieur par quelque flatterie grossière et maladroite. Il le croit, et au prochain concert il compte bien s'y prendre plus délicatement.

XLIV

Le premier jour de son entrée au bureau des Mauvais sujets, Caldas trouva que ses collègues étaient vraiment trop gais. Le soir, pressé de sortir, il voulut prendre son chapeau, mais les bords lui restèrent à la main : on avait mis au fond un poids de dix kilos.

Caldas goûta peu la charge, mais il ne dit rien.

Le lendemain, comme il entrait, un carton préparé à l'avance et rempli de poussière lui tomba sur la tête et faillit l'éborgner.

Il trouva la plaisanterie mauvaise, s'épousseta, s'essuya, mais ne dit rien.

Dans la journée, ayant eu soif, il voulut boire un verre d'eau et avala d'un trait une rasade d'eau bouillante.

Il fut sur le point de se mettre en colère ; pourtant il ne dit rien encore.

Au moment de partir, il ne trouva plus son paletot ; tous les camarades avaient filé sournoisement. Après avoir cherché une heure, il fut réduit à regagner son domicile avec son habit de travail, une loque immonde.

C'en était trop, et comme il n'aime pas les disputes, il arriva de bonne heure le jour suivant, et au premier qui entra il donna une paire de calottes.

Le calotté était le seul qui n'eût pas trempé dans la plaisanterie. Aussi fit-il des excuses à Caldas, qui daigna s'en contenter, mais passa dès lors pour un mauvais coucheur.

— Vous n'avez vraiment pas le mot pour rire, lui dit un de ses collègues ; on ne croirait jamais que vous êtes rédacteur du *Bilboquet*.

Cependant cette histoire de soufflet fit beaucoup pour a gloire de Romain et, ce qui vaut mieux, elle assura sa tranquillité. Les farces ne s'adressèrent plus à lui.

Une des grandes occupations du bureau des Liquidations, lorsque la charge n'est pas à l'ordre du jour, c'est la politique et la discussion des affaires publiques.

La question italienne et la politique de M. de Bismark ont été étudiées et traitées à fond ; on s'y intéresse même aux événements intérieurs ; on y a discuté les moyens de défense de Troppmann, et on ne crée pas un impôt nouveau sans que des orateurs s'inscrivent pour ou contre.

Toutes les opinions d'ailleurs, et même toutes les nuances d'opinions, y ont leurs représentants. En cherchant bien, on y trouverait quelque adhérent des vieux partis, si jamais les vieux partis ont existé ailleurs que dans les causeries littéraires de Sainte-Beuve.

Il y a des hommes des anciens régimes, c'est là le plus bel éloge qu'on puisse faire de l'Administration de l'Équilibre, qui permet à chacun d'avoir une opinion, pourvu que personne ne s'en aperçoive.

Caldas n'a pas d'opinion, ou plutôt il s'en est composé une de fantaisie qu'il développe avec beaucoup de vivacité et de profondeur ; il s'intitule philosophe-aristocrate-socialiste. Il est d'ailleurs tolérant, et peut causer de quoi que ce soit sans devenir rouge de colère et sans appeler son adversaire : « Navet, » comme a l'habitude de le faire M. Louis Veuillot.

Aussi, au bureau des Liquidations, le prenait on volontiers pour arbitre lorsqu'on n'était pas d'accord, et on n'était jamais d'accord.

La divergence des opinions de ces messieurs s'explique.

Deux se cotisent pour s'abonner au *Temps* ; il y en a un qui ne lit que *la Gazette de France* ; le plus riche, reçoit le *Journal des Débats* ; un autre achète le *Siècle* ; celui-ci adhère au *Constitutionnel*, cet autre à l'*Ami de la Religion*. Un dernier n'a d'opinion qu'une fois par semaine, et cela tient à ce que *l'Électeur libre* est un journal hebdomadaire.

Tous se feraient hacher menu comme chair à pâté pour soutenir le dire de leurs feuilles. Parole imprimée est pour eux parole d'Évangile, et tout rédacteur est un prophète.

Il y a trois employés que la politique touche médiocrement : un qui n'y comprend absolument rien, c'est le plus intelligent de tous, et deux qui ont bien d'autres chats à fouetter.

Caldas avait remarqué chez l'employé qui ne comprend rien à la politique des allures mystérieuses, il le voyait tirer de temps à autre un petit cahier de son tiroir et y inscrire quelques notes à la dérobée. Son cahier ne le quittait pas. Chaque fois qu'il avait occa-

sion de sortir, fût-ce vingt fois par journée, il le mettait
ostensiblement dans sa poche en disant : « Au revoir,
Messieurs ! » Romain intrigué résolut de pénétrer cette
ténébreuse affaire, et, après trois semaines de flagor-
neries audacieuses, l'homme mystérieux lui ouvrit son
cœur et son carnet.

Cet employé assimile le ministère à une ménagerie,
et il passe sa vie à chercher des analogies entre ses camarades et les divers animaux de la création. Il est convaincu que si on trouvait son cahier, il serait destitué
par son chef et lapidé par ses collègues. De là toutes ses
précautions. Dans ce cahier il compare Lorgelin à un
ours, Coquiller à une huître, Nourrisson à un perroquet,
Rafflard à un hérisson, le Cluche à un serpent à lunettes,
Basquin à un ouistiti, le caissier du Service intérieur à
un boule-dogue, et Gérondeau à un dindon.

Caldas, comme journaliste, y était inscrit en qualité
de caméléon. Il ne fut pas flatté du rapprochement ;
aussi répondit-il à ce Van-Amburg de la bureaucratie,
qui lui demandait son avis sur ce petit travail :

— Je ne vous trouve pas Buffon !

L'un des deux employés qui ont bien d'autres chats
à fouetter est l'EMPLOYÉ QUI NE DÉPENSE PAS SES AP-
POINTEMENTS.

Il thésaurise et place à gros intérêt, probablement à

la petite semaine. C'est lui qui organise des loteries dans l'intérieur du ministère ; c'est une vieille pendule, une lampe, une montre avec la chaîne en jazeron, qu'il place à un franc le billet. Il écoule ainsi des rossignols qu'il achète à vil prix.

Depuis vingt ans il est au ministère : il gagne deux mille francs d'appointements, et, entré avec vingt-cinq francs pour toute fortune, il possède aujourd'hui, sans avoir rien volé à personne, un capital clair et net de plus de cinquante mille francs.

Cet employé a une maîtresse qui lui fait ses pantalons, et il porte des souliers vernis en moleskine.

L'autre original est un homme bien malheureux, allez ! Sa femme est jeune, jolie et coquette, et il est jaloux...

Avant de venir au ministère le matin, il enferme, dit-on, son épouse ; mais ce n'est pas vrai, et la preuve, c'est que trois ou quatre fois par jour il s'esquive et court jusqu'à son domicile, afin de s'assurer de la présence réelle de la dame.

Il a entendu dire (ce doit être un conte bleu) que certains employés ont dû aux charmes de leur moitié un avancement rapide. Sa cervelle en a été troublée, et l'année dernière, ayant obtenu une augmentation d'appointements de soixante-cinq francs par an, il a fait une scène horrible à sa femme et battu froid à son chef pendant six mois.

Dans ce bureau des Mauvais sujets, Caldas trouva cependant un type et un ami.

Le type est l'employé qui a une cousine femme du monde et immensément riche. Il est allé chez elle en soirée, une fois, il y a quelque dix-huit ans ; depuis, il fait chaque semaine le récit détaillé de cette fête mémorable.

L'ami est l'employé gentilhomme, l'héritier d'un grand nom. Il est venu chercher au ministère un abri contre l'orage. Quels que soient les hasards de son existence, son cœur sera toujours au-dessus de sa fortune. On le trouve fier à l'Équilibre ; cela tient peut-être à ce qu'il est bien élevé.

Au bureau des Mauvais sujets, outre qu'on boit de la bière, on fume du matin au soir. Pipes et cigares cependant sont sévèrement proscrits du ministère. De petites pancartes qu'on lit à tous les étages, le long de tous les corridors et dans toutes les pièces, l'apprennent aux visiteurs. Ces petites pancartes sont ainsi conçues :

Il est expressément défendu de fumer dans l'intérieur du ministère de l'Équilibre.

Cet avertissement, comme de juste, n'empêche rien. On cite des chefs incorrigibles qui se renferment pour brûler un cigare. Les employés formalistes ne manquent jamais, lorsqu'ils vont « *en griller une* » dans quelque réduit inaccessible, de laisser sur leur pupitre une note au crayon qui explique leur absence.

Même cette note au crayon est le pendant du tour du chapeau.

En voici la teneur ordinaire :

« *Je suis au bureau 73 à prendre un renseignement.*»

Il n'y a pas d'exemple qu'un chef soit jamais allé vérifier la chose au bureau 73. A l'Équilibre, on aime mieux croire que d'aller voir.

Autre effet de la défense expresse :

Un jour Caldas vit s'escrimer de la pipe un employé que le tabac semblait incommoder. Il pâlissait à vue d'œil...

— Vous avez tort de fumer, lui dit Romain.

— Eh ! je le sais bien, répondit l'autre ; mais que voulez-vous ? c'est défendu !

XLV

On était au vingt-neuf décembre. L'espoir de la gratification agitait tous les cœurs. Comme tous ses collègues, Caldas comptait sur la munificence de l'Administration. Même il avait d'avance arrêté l'emploi de cet
argent.

Et ce n'était certes pas présomption de sa part. Ses
droits valaient bien les droits des autres. L'Administration d'ailleurs ne fait point de jaloux. En bonne mère
qu'elle est, elle ouvre sa caisse pour tous ses enfants.

Pour les bons employés, la gratification est une récompense ; pour les mauvais, c'est un encouragement
à mieux faire.

17

Caldas ne fut ni encouragé, ni récompensé.

Le jour des étrennes arriva. Romain se mêla à la foule des bureaucrates qui va chaque année applaudir au petit discours que fait Son Excellence Monsieur le Ministre. Il envoya quarante-trois cartes à un nombre égal de sommités de l'Administration ; et cependant il ne lui fut pas octroyé un sou.

Le pot au lait de ses espérances fut renversé.

Saint-Adolphe, chef de bureau, avait commis une faute, Caldas fut puni. Rien n'est plus juste. Si Caldas avait fait quelque chose de bien, Saint-Adolphe eût été récompensé.

En présence d'un déficit de cent cinquante francs, Romain songeait très-sérieusement à s'arracher les cheveux, lorsque deux agréables surprises compensèrent ce léger mécompte.

Son père lui envoya encore un mandat rouge, et sa pièce, *les Oisifs*, fut mise en répétition au Théâtre-Français.

Il n'avait donc plus qu'à attendre. Et il attendit, sans trop de contrainte, sans presque sentir l'ennui ; car il avait beau dire, beau faire, le temps critique était passé, il s'habituait.

Oui, il s'habituait, il prenait les allures d'une montre réglée par Bréguet : il ne retardait plus pour arriver le matin, et pour sortir il n'était pas trop en avance.

Il mangeait, buvait à heure fixe, et il y prenait un certain plaisir ; les miasmes du bureau ne l'horripilaient plus.

Tous les dimanches, sous prétexte de respirer l'air pur à la campagne, il allait se promener dans la poussière à Saint-Cloud ou ailleurs.

Il avait surpris le secret de travailler sans rien faire. Il pouvait s'occuper énormément pendant six heures à écrire soixante mots. Enfin, symptôme plus grave, deux ou trois fois il s'aperçut qu'il souriait aux plaisanteries de ses collègues.

Avouez-le, monsieur, il était temps qu'une crise décisive se produisît dans son existence.

Donc il était en train de reconquérir la réputation de bon employé, lorsqu'un matin son garçon de bureau lui remit un petit livre qui lui était adressé sous pli.

Sur la première page, il aperçut cette dédicace manuscrite :

A monsieur Romain Caldas, rédacteur du BILBOQUET.

HOMMAGE DE L'AUTEUR.

Cette dédicace était signée du nom d'un de ses collègues.

Il tourna le feuillet et lut :

CATÉCHISME DE L'EMPLOYÉ

A L'USAGE

DU MINISTÈRE DE L'ÉQUILIBRE (1)

Tout d'abord Caldas crut à une charge.

— Celle-ci est drôle, pensa-t-il.

Mais ce n'était pas une charge, ainsi qu'il s'en put convaincre en poursuivant la lecture du petit livre dont voici un extrait exact :

DEMANDE : — *Qui vous a créé et mis au monde de l'Administration ?*

RÉPONSE : — Son Excellence Monsieur le Ministre.

D. — *Comment ?*

R. — Par une simple signature.

(1) *Petit catechisme des employes des Droits Reunis*, par J. B. (Justin Bourraignon); Paris 1843, petit in-32, édité par Guillaume (*très-rare*).

D. — *Pourquoi ?*

R. — Pour toucher des appointements tous les mois, une gratification au jour de l'an, travailler le moins possible, monter en grade s'il se peut, et mériter ainsi une bonne retraite à la fin de mes jours.

D. — *Qu'est-ce que monsieur le ministre ?*

R. — Un être impersonnel que je ne connais pas et que probablement je ne connaîtrai jamais.

D. — *Pourquoi dites-vous qu'il est impersonnel ?*

R. — Parce que le ministre et le portefeuille existent indépendamment de la personne.

D. — *Expliquez mieux votre pensée ?*

R. — Je reconnais pour ministre l'homme dont la signature peut me donner de l'avancement, que ce soit Pierre ou Paul.

D. — *Pourquoi dites-vous que vous ne le connaîtrez probablement jamais ?*

R. — Parce que nous ne fréquentons pas les mêmes sociétés.

D. — *Quels sont vos devoirs envers monsieur le ministre ?*

R. — Respect, vénération, obéissance, admiration, amour sans bornes, tant qu'il est au pouvoir ; rien, quand il n'y est plus.

D. — *Pourquoi cette distinction ?*

R. — Parce qu'alors je n'attends plus rien de lui et qu'il doit me demeurer étranger.

D. — *N'avez-vous pas des devoirs à remplir envers d'autres personnes ?*

R. — Je dois honorer tous mes chefs en raison de ce qu'ils peuvent pour moi.

D. — *Comment honorez-vous vos chefs ?*

R. — Je fléchis le genou devant mon directeur, je salue jusqu'à terre mon chef de division, je me découvre et je m'incline devant mon chef de bureau, je soulève simplement mon chapeau pour mon sous-chef, et je le garde sur ma tête pour tout autre.

D. — *Quels sont vos devoirs vis-à-vis de vos inférieurs ?*

R. — Exiger d'eux les hommages que je rends à mes supérieurs.

D. — *Comment devez-vous vous conduire avec le public ?*

R. — Je dois être très-raide avec lui, afin de lui inspirer la plus haute idée de l'Administration.

D. — *Pourquoi lui inspirer la plus haute idée de l'Administration ?*

R. — Afin que le pays ne soit jamais induit en tentation de diminuer le nombre des emplois.

D. — *Qu'est-ce qu'un emploi ?*

R. — Une grâce d'état qui permet de traverser, en paix avec sa conscience et son estomac, cette vallée de larmes qu'on appelle la vie.

D. — *Tout le monde peut-il remplir un emploi ?*

R. — Non.

D. — *Que faut-il pour cela ?*

R. — Une commission.

D. — *Qu'entendez-vous par une commission ?*

R. — La commission est une feuille de papier revêtue du sceau officiel qui donne le pouvoir pour faire les fonctions bureaucratiques et la grâce pour les exercer dignement.

D. — *D'où vient ce pouvoir ?*

R. — De Son Excellence qui le transmet à ses Direc-teurs avec faculté de le communiquer aux autres.

`D. — *Comment ce pouvoir se transmet-il de Son Excellence jusqu'au dernier employé?*

R. — Ce pouvoir se transmet comme il s'est trans-mis en tout temps, par une succession qui n'a point été interrompue et qui continuera dans les bureaux jusqu'à la consommation des siècles.

D. — *En quelle disposition doit-on recevoir sa commission?*

R. — Il y a quatre principales dispositions pour re-cevoir sa commission.

D. — *Quelle est la première?*

R. — La première est d'être en état de grâce.

D. — *Quelle est la seconde?*

R. — La seconde est d'y être appelé et de ne s'y pas ingérer de soi-même.

D. — *Quelle est la troisième?*

R. — La troisième est d'être irréprochable dans son écriture.

D. — *Quelle est la quatrième ?*

R. — La quatrième est d'être animé du zèle de la gloire de l'Administration.

D. — *Expliquez ce que c'est que l'Administration ?*

R. — L'Administration est l'assemblée des fidèles employés, qui, sous la conduite des supérieurs légitimes, ne font qu'un même corps dont Son Excellence est le chef invisible.

D. — *Pourquoi dites-vous invisible ?*

R. — Parce qu'il faut des mérites particuliers pour en obtenir une audience.

D. — *Qu'entendez-vous par la gloire de l'Administration ?*

R. — Sa prépondérance universelle.

D. — *Comment l'assurez-vous ?*

R. — En ne permettant pas que jamais on discute ses actes avec les faibles lumières de la raison. Elle doit être vénérée comme l'arche sainte. Hors de l'Administration, point de salut ! . . . . . .
. . . .

17.

Le catéchisme tomba des mains de Caldas.

— Voilà, dit-il, un fanatique pour qui l'Administration est une religion. Il dit tout haut ce que la France pense tout bas : c'est un signe des temps

XLVI

Trois mois s'écoulèrent pleins de périls pour Caldas, obligé à la fois d'être présent à son bureau et de suivre les répétitions des *Oisifs,* de ménager la chèvre de l'Administration et le chou du Théâtre-Français.

Comme il s'en allait en catimini sur les deux heures, au détour d'une galerie quelqu'un lui sauta au cou.

C'était un ancien camarade de collége.

— Que fais-tu ici ? demanda-t-il à Romain.

— Rien.

— Tu es donc employé ?

— Tu l'as dit. Mais toi-même ?

— Depuis six mois, mon cher, je suis attaché au cabinet du ministre.

— Je te demande ta protection, dit Caldas.

— Tout ce que tu voudras, répondit l'attaché du cabinet. Mais viens jusqu'à mon bureau me présenter ta requête, nous causerons mieux qu'ici ; j'ai d'excellents londrès.

Romain suivit son ami et pénétra dans un cabinet somptueusement meublé, où l'on ne sentait nullement l'odeur des paperasses.

— Sais-tu que tu es admirablement logé, dit-il.

— Que veux-tu ? répondit l'ami, il faut bien orner sa prison ; et comme je travaille du matin au soir...

— Tu travailles ? dit Romain au comble de l'étonnement. On travaille donc quelque part ici ?

— Ah ça ! où crois-tu que se fait toute la besogne ? car enfin il se fait de la besogne au ministère.

— En es-tu bien sûr ?

L'attaché du cabinet haussa les épaules.

— Voilà bien, dit-il, les petites idées d'un employé
à deux mille francs !

— Je parle d'après ce que j'ai vu, répondit Romain.

— Eh ! tu n'as rien vu, mon cher. Tu n'as pas franchi
l'horizon des bureaux. Tes collègues sont des fai-
néants, je le sais. Mais regarde un peu au-dessus de
toi. A l'Équilibre, le travail sérieux ne commence qu'au
chef de bureau, au sous-chef quelquefois par exception. Et plus on monte, plus la besogne devient âpre
et difficile.

— Bravo ! dit Caldas, est-ce pour moi que tu poses ?
Dis-moi tout de suite que l'état-major fait toute la
besogne.

— Tu crois rire, tu as dit la vérité. Tous nos employés supérieurs, dont vous jalousez les gros traitements, sont en réalité moins payés que vous, car ils
travaillent dix fois, cent fois davantage. D'abord ils se
réservent toutes les affaires véritablement importantes,
et les autres, celles qu'ils envoient aux bureaux, ils
sont, les trois quarts du temps, obligés de les refaire.
Nos directeurs, nos chefs de division veillent une nuit
sur trois. Victimes de la centralisation, tout leur passe
entre les mains et ils sont responsables de tout. Quant
au Ministre, il travaille à lui seul autant que tout le
ministère.

— Tu m'épouvantes, dit Romain ; alors je retire ma demande de protection.

— Tu fais aussi bien, répondit l'ami. Où ma protection te conduirait-elle, grand Dieu ! à être sous-chef dans sept ou huit ans ; et moi-même aurai-je encore une influence dans six mois ? Que diable es-tu venu faire ici ?

— Faire ma carrière, comme tout le monde ; ne puis-je pas prétendre aux plus hauts emplois ?

— Encore une erreur, reprit l'attaché du cabinet. L'Administration mène à tout, sauf à ses hauts emplois. Celui qui veut y arriver doit commencer par faire toute autre chose.

— Cependant il y a parmi nous des gens très-capables et qui ont tout ce qu'il faut pour parvenir.

— Je ne te dis pas le contraire ; mais ils ne parviennent pas, et ils ne dépassent pas une fois sur mille le grade de chef de bureau.

— A qui la faute ?

— Eh ! le sais-je ?

— On les décourage, reprit Romain. Ainsi, moi, je connais un simple commis qui ne serait pas déplacé à la tête d'une division, et tout le monde l'avoue. Tu le connais peut-être, un nommé Lorgelin. On dit qu'il n'arrivera jamais, personne ne dirait pourquoi.

— Je puis te le dire, moi ! Lorgelin est victime d'une lettre anonyme. C'est le poignard dont s'arment les misérables dans l'administration de l'Équilibre. Il n'y a point de position sûre jusqu'à ce qu'on ait atteint les hautes régions. Vous êtes toujours à la merci d'un lâche ou d'un goujat.

— Comment peut-on accorder créance à de pareilles dénonciations ! fit Caldas. On fait une enquête, au moins.

— Eh ! mon cher, on jette la lettre au feu, mais l'impression reste.

— Ceci, dit Romain, est la dernière goutte d'eau. Ma détermination est prise. On joue demain une pièce de moi aux Français. Si je ne suis pas outrageusement sifflé, je donne ma démission.

— Comment ! la pièce qu'on donne demain, *les Oisifs,* est de toi ! Tu as réussi à te faire jouer à la Comédie-Française ?

— J'en suis surpris moi-même, mais c'est ainsi.

— Alors, mon cher garçon, ne te plains jamais de l'Administration, tu vois bien qu'elle mène à tout.

XLVII

C'était le lendemain de la première représentation des *Oisifs*, qui avaient obtenu un immense succès.

Caldas, que l'émotion avait empêché de dîner la veille, déjeunait de bon appétit entre mademoiselle Célestine et Saint-Adolphe. Sa modeste chambre d'hôtel garni était la salle du banquet, mais le menu avait été fourni par Chevet.

Saint-Adolphe avait la parole :

— Savez-vous, disait-il à son collaborateur, que votre succès d'hier soir avance diablement mes affaires. L'Odéon met demain notre pièce en répétition.

— Et j'y aurai un rôle? demanda mademoiselle Célestine.

— Il y en a un, reprit le galant chef de bureau, que
j'ai écrit exprès pour vous. Mais revenons à la représentation d'hier. Tout l'Équilibre y était, et par ma foi
j'ai lieu d'être satisfait de nos bureaucrates.

— Je parie, dit mademoiselle Célestine, que chacun
d'eux croyait avoir fait la pièce.

— Parbleu! répondit Saint-Adolphe, qui croyait bien
avoir fait la moitié du *Zèle*. J'ai vu dans des loges un
directeur et deux chefs de division. Got a joué devant
un parterre de chefs de bureau.

— Est-ce pour cela, dit Romain, que j'ai entendu
deux coups de sifflet au troisième acte?

— C'était mon ancien sous-chef, dit Saint-Adolphe;
quelle canaille !

— J'ai idée, reprit Romain, que ce doit être l'inconnu qui a hérité de mon tiroir et n'a pas jugé à propos de me rendre mon *troisième* acte. Il aura trouvé la
seconde épreuve plus faible que la première; il a fait
preuve de goût.

Mademoiselle Célestine, de sa blanche main, servit
le café aux convives.

Caldas prit une feuille de papier et, sous la dictée de Saint-Adolphe, il commença à écrire sa démission.

A ce moment la porte s'ouvrit, et M. Krugenstern apparut.

Il était radieux aujourd'hui, M. Krugenstern ; il avait eu un billet pour la première représentation, un billet de famille ; il y avait mené sa femme et ses deux demoiselles. Il avait ri, il avait pleuré, il avait applaudi surtout.

Quelque chose de la gloire de Romain rejaillissait sur lui, et il avait dit au foyer, dans un cercle de journalistes :

— C'édre moi gue che l'hapille !

Aussi il venait proposer à son client de lui faire douze habillements complets.

— Ah ! prenez garde, dit Romain, posant sa plume, c'est que je quitte le ministère.

— Che fus audorise, répondit M. Krugenstern.

. . . .
. . . .
. . . .
. . . .

La réussite n'a point fait oublier à Caldas son savoir-vivre. Il reconnaît encore ses amis, quand il les rencontre.

Sa démission envoyée officiellement par la poste, il se rendit au ministère prendre congé des gens à côté desquels il avait vécu.

M. Le Campion est le dernier qu'il eut l'honneur de saluer.

Cet homme impénétrable se départit en cette circonstance de son mutisme habituel :

— J'ai vu votre pièce, lui dit-il; elle révèle un grand talent. Vous avez tort pourtant de quitter l'Administration; votre écriture s'y était beaucoup améliorée.

FIN

Paris-Imp PAUL DUPONT, 41, rue Jean-Jacques-Rousseau — 4216.12.9

www.ingramcontent.com/pod-product-compliance
Lightning Source LLC
Chambersburg PA
CBHW070212030726
47505CB00006B/1652